오해균 ─ 詩와 散文 選集

비빔밥 한 그릇

그림

自序

　나의 문학적 성취의 궁극에 목표는 명당수를 찾는 참사리가
되는 것입니다. 그러나 지금은 서원만 세웠으니, 그 말에는 책
임이 따르겠지요. 그저 열심히 노력할 따름입니다.

　20년의 침묵을 깨고 케케묵은 것들을 모아보니 특별할 것도
없지만, 너나없이 힘들고 무기력한 2020년 2,3월에 그나마 사
는 의미를 찾으려고 발심하고 한권의 책을 상재하게 되었습니
다. 까고 까도 부끄럽기만 한 내 인생을 살아온 세월이 결코 헛
되지 않았음을 자평하고 싶은 마음과, 별이 되거나 아니면 그늘
이 되거나, 모 아니면 도라는 심정으로 백면서생의 안락함을 그
리며 내 문학습작의 민낯을 드러냅니다.

　제목을 많고 많은 것 다 뿌리치고 '비빔밥 한 그릇' 이라 한 까
닭은 4개의 장르를 묶어 엮다보니 비빔밥 한 그릇이란 표현이
가장 어울릴 것 이란 저자의 판단에 따른 것이니 굳이 허물을
잡지 마시고 애교로 봐 주시기를 간곡히 부탁드립니다.

단기 4353(2020) 꽃피는 봄날 오 해 균(영각)

詩

童話 (아이와 함께 읽는 동화)

隨筆 (살다보니)

短篇小說

오해균 詩와 散文 選集

詩

마음의 實相

佛은 아니 계신 곳이 없다.
만물의 작용이 그대로 부처님의 나툼이요,
법이기 때문이다.
佛은 공하며 걸림이 없고 묘한 작용이 자재하니
이는 곧 마음이라 한다.
이 마음이란 물건은 우주 삼라만상과
둘이 아니게 작용하지만
육신에 집착한 범부는 알 까닭이 없다.
순간이 곧 영원이라
마음과 마음은 시공을 초월하니
삼천년 전의 석가모니가 이 마음에
지금도 살아있고 제불보살 모두가 영원하니
그 모습이 곧 아미타요
본래 진여의 초상이라
시방삼세가 영원한 오늘이요
모든 근본은 하나로 가는 것이니
마음의 자유는 영원할 것이다.

2001. 5

맑고 고운 우리 님

늘 마음이 편치가 않았습니다.
언제나 가슴은 텅 비어있었습니다.
그 마음을 잡아보려고
허공에 헛손질 하면서 부대껴 보니
돌아오는 건 괴롭고 힘든 고통뿐이었습니다.
이렇게 삶의 의욕을 잃은 힘든 여정에서
맑고 고운 우리 님을 만났습니다.
내가 모르고 있던 한 가지,
알면서도 모른 척 외면했던 그 사람은
언제나 나를 보듬어주신
부처님 이었습니다.

1998. 12

함구 緘口

누가 그랬다.
웅변은 은이요, 침묵은 금이라고
말은 하다보면 험담이 되어 천리를 가고
입을 떠난 말에는 책임이라는 단어가 뒤따른다.
입이 가벼워지니 생각도 가벼워지고
생각이 가벼운 사람은 행동도 가벼워
쉽게 화를 내니 그런 사람은
자기중심을 잡기 어렵다.
조용히 그저 상대의 말을 듣고 경청하라.
때론 알면서도 속아 주어라.

희로애락

그대 어디서 왔다
어디로 가는가?
살다보면 희로애락 에
울고 웃고 한다지.
웃음이나 눈물은 그리 오래 가진 않는다네.
인간은 사악하여
남의 기쁨에서 슬픔을 느끼고
남의 슬픔에서 기쁨을 찾아낸다지.
그렇지만 말일세,
슬픔은 나누면 반으로 줄고
기쁨을 나누면 배로 는다, 하지 않던가!
인생을 그렇게 사는 것이라네.

인생의 낙을 찾으려면
과함 보다는 모자람을 찾으라 한다네.
그걸 여섯 글자로 만초손겸수익滿招損謙收益이라 하지.
올바른 자 라면 가만히 있어도
저절로 복락이 찾아온다네.

시기와 질투를 당하지도 않는다네.
눈물은 강철도 녹이고
눈물같이 빨리 마르는 것이 없다하지.
울 때는 실컷 울되 너무 오래 울지는 말게.
희로애락은 인생을 살면서
피할 수 없는 감정의 표현이라네.

그저 물같이 낮은 곳으로 가고
바람같이 조용히 살다 가라하네.

常樂我淨(상락아정)

날(生)수도 없고 머물(住) 수도 없고
허물어지지도(壞) 않고 빌(空)수도 없으니
본래 시공을 초월하는 것이 常이요.

세상사 백팔번뇌도 없고 이도 저도 아닌
오직 안락한 세상의 열반만 있기에
사람들은 그것을 樂이라 한다네.

이 열반으로 말미암아 진정한 자아를
실현하니 我라는 것이 참된 나의 성품이요,
내가 불도를 이뤘으니 我라 하고.

마음이 깨끗하면 이 나라가 깨끗하니
청정세계로 가는 길은 염오(染汚)로 덮인
세계를 떠나 열반의 세계로 가니
이를 淨이라 이른다네.

이것이 우리 삶의 궁극적인
목적이 되도록 깨끗한 내 마음
항상 갈고 닦아 깨달음 얻어 가세나.

상념

밤은 적막 속으로 빠져들고
낯선 타향인 듯 난 잠 못 이루네.
상념이라는 화두 하나 잡고
허공을 헤맬 적에 두려운 사냥꾼
허공에 총질을 난사하네.
천길 절벽 거꾸로 오르기 두렵거든
허공을 채워야 하거늘,
지나온 세월이 발목을 잡고
숙세의 인연이 손을 잡으니
이도 저도 아닌 이생에
내 무엇을 더 바랄까.

아수라의 늪에서

온갖 번뇌의 잡탕을
자양분 삼아
버릴 것 하나 없는
너는 누구냐?

겹겹 칠흑 어둠을 뚫고
당당이 한줄기 불꽃이 되어
솟아오른 물건아
너는 누구냐?

부끄러운 일을 하고도
아픈 일을 하고도
너만 보면 방긋 웃는다.
오호라~!
너의 이름에 웃고
춤을 춘다.

아수라의 늪에서 태어난
넌 누구냐?

부처님 오신 날

부처님
임으로 내게 오시고
스승으로 머물러 계시며
영원한 도반으로 남으신
부처님!!

당신께서 오신 이 날
우리들은 거리에 등을 달아
님을 영접하고
가슴엔 꽃을 달고
삼독에 찌든 우리 마음에
향불을 피워 다시 마음을 다집니다.

이 풍요로운 잔칫날 당신의 감로 법문은
천강의 달처럼 어느 하나 빈 곳 없이
골 고루 골 고루 나누고 베풀어
절망스런 이에겐 희망을, 배고픈 이에겐 풍요를,
아픔이 있는 이에겐 건강을,
싸움이 있는 곳에는 평화의 씨앗을 심어
정토로 가꾸어 주소서!

그 옛날 신라의 화랑은 당신의 가르침으로
삼국을 통일하였고
조선 스님들은 왜구의 침입에 초개처럼
한 몸 바쳐 스러져 나라를 구했습니다.
당신의 산처럼 바다처럼 높고 깊은 지혜로
우담바라 꽃을 피우니 당신은 정말로
여래요 세간해요 무상사요 천인사 이십니다.

꽃 쟁반 올리고 올려 탑을 쌓듯
닦고 닦다 보면 온 우주에 온 마음에
수미산처럼 높고 항하수처럼 깊고
태평양처럼 너른 연꽃쟁반에서 모두 하나 되어
춤추는 날이 오겠지요?

날이면 날마다 좋은날이 되는 시작이
바로 당신의 생일날 오늘입니다.
당신께서 오신 이 날
이 아름답고 겸손한 도량에서
청정한 마음으로 당신을 찬탄합니다.

금구성언 金口聖言

겨자씨앗 사방 십리길 한 알 한 알 채워서
억겁을 견디고 찾아 와보니
시간은 이미 수 천 년이 지났다.

진달래 꽃비 내리던 땅을 삼만 리 나
벗어나 찾아온 이곳,
초막하나 세워놓고
부질없이 자라는 머리칼 잘라내고
두 귀를 씻고
두 눈을 치켜뜨고
듣노라 새기노라 금구성언 말씀.

행여 한자라도 놓칠지 몰라
글로 쓰고 나무에 새기고 책으로 엮고
마음에 새기고 그도 모자라서
마음을 전하고
소쩍새도 숨을 고르고 지켜본다.

면벽을 하고 님의 자취를
더듬어가며
시심마를 찾는다.

내가 가는 곳
어디거나 햇빛이 내리고
근심스런 비와 바람은
소문만 남긴 채 비켜간다.
금구성언에 목마른 만유들아!
이것이 생명의 축복이고
이곳이 바로 피안이란다.

2014. 12. 5.

*금구성언(金口聖言) . . .부처님 말씀

마음을 닦자

마음을 닦자.
그러나
본래 텅 비어 있는
그 마음을
어이 닦을꼬?

마음을 열자.
그러나
본래부터 열려 있는 걸
어찌 또 열까?

마음은
내 손가락 끝에서
열고 닦고 한다네.

백두에서 한라까지

반만년 전 단군할아버지 태백산 신단수 나무아래서
가부좌 틀고 첫새벽 열어 신시를 열 때
한솥밥 먹으라 했지 언제 선을 그어주며
둘로 갈랐던가.

대문 걸어 잠그고 서릿발 세우며
세상 창피 다 당하고 진흙탕을 뒹굴어도
맑은 거울에 비친 제 모습 볼 줄 아는 식견이 있다면
허 허 웃으며 두 손 털고 다가가 서로 손잡고
새날을 열어갈 사람들아 !
어찌하여 알량한 자존심으로 세월을 보내고 있는가.

무궁화도 좋고, 목단화도 좋고
백두에서 한라까지 삼천리금수강산
하늘 길 열고 물길 열고 땅길 열어
한 서린 아리랑 가락은 뒤에 놓고
둥글게 신명나게 손 에 손잡고
형, 아우 되어 쾌지나 칭칭 을 부르면
얼마나 좋은가.

2010. 9. 26. 통일부장관상

나라 사랑

나라 걱정에
죽어서 天神이 된 김유신
바다의 海龍이 되어 백성 안녕을
지키는 문무대왕

풍전등화의 위기에서 고려의 장인들은
팔만대장경을 조성해 나라를 지키고
조선의 아녀자들은 왜구의 침략에 맞서
행주치마로 돌을 날랐거늘
나는 무엇으로 이 나라를 사랑 할 건가?

아직도 실지의 영토엔
동강나버린 억울함에 승천하지 못하고
수복의 그날을 기다리며
九泉을 떠도는 용사들의 원혼이 있거늘
나는 어떤 각오로 이 나라를 지킬 것인가?

백성 된 도리를 하지 않으면서
삿된 이익만 추구하는 더러운 세상에
토테미즘에 물든 해바라기는 가라

무궁화를 가꾸며 눈물을 흘리는 촌로村老가
차라리 진정한 애국자인걸 아는가?

平和를 위한 斷想

서부전선 육백고지 오성산 허리에
녹슨 철모하나 있어
허물어진 틈을 비집고
이름 모를 꽃 들어와 가부좌 틀고 앉아
철의 삼각지를 바라보고 있다.

산까마귀 날다 지쳐 내려 앉아
까악 까악 울며
슬픔을 더해주는 유월
빛바래 흔적만 남아있는 줄 세 개가
주인이 상등병 이었다 말해준다

널 부러져 멋대로 자라났어도 한가로운 싸리 꽃처럼
그대의 슬픈 영혼아
이젠 안식의 쉼터로 돌아갈거나

사랑의 포로

해는 서산을 넘어 저물고
내 마음은 당신 때문에 저뭅니다.
저무는 내 마음은 갈 곳이 없습니다.
바다나, 산이나, 도시나, 시골인가를
고민해 보지만 그 어디서도 날 찾지 않습니다.
하늘이 무너지면 무너지는 대로 깔리고
그러다 변심한 애인이 다시 변심을 하여
날 찾으면 달려가면 그만입니다.

임이 찾으면 달려가고
임이 죽으라면 죽고
두 무릎 꿇고는 내 모든 것 주면 그만입니다.
어차피 이 몸은 당신의 것이니까요.
임이 원하시면 얼굴이 창백하고
수족이 말라 비틀어 질 때까지
하시라는 대로 하겠습니다.
난 당신의 포로니까요.

엉덩이 찬가

삼월 따신 볕 아래
수건 뒤집어쓰고 '
잘 익은 배(梨子)처럼 푸짐하고 잘생긴 엉덩이
뒤뚱거리며 나물 캐는 여자여,
하필이면 내 밭에서
그러고 있소?
빈 땅을 굴러다니던 바구니를
꽉 채운 것을 보니 나도 모르게 욕심이
생기는 것을 어찌하면 좋소,
이것도 봄날의 춘심 인가보오.

솔 바람차 한 단지 담가보려
벗과 작정하고 날 잡아서 솔밭 깊숙이 스며들었다.
불던 바람 멈추니 덩달아 산새도 입 닫고
우리도 숨죽이며 솔잎을 딴다.
'쏴아아아아.
정적을 깨는 소리! 뭔 소리지,
우리 둘은 소리 나는 곳을 동시에 본다.
웬 젊은 여자가 우리 쪽으로 달덩이 같은 엉덩이를 내밀고는 소피를 본다.
얼마나 젊기에 오줌 빨이 저렇게 쎄지!
갈기는 소리 시원해서 좋다!
눈요기해서 기분 좋다!
너무 좋아서 소리도 못 내고
둘 다 키득거리기만 했다.

사랑은

사랑은 물과 같아서
배를 띄울 수도
뒤집을 수도 있다.
사랑은 조건이 따른다.
그 조건에 충족하지
못하면 언제든지 떠나가는 게
사랑이다.
사랑은 결코 쉽게
이루어지지도 않고
쉽게 용서를 하지도 않는다.
작은 창문 틈으로
들어오는 밝은 빛처럼
날 흥분 시키던 사랑도
끝내는 고통만 주고 사라져 간다.
사랑은 그런 것이다.
배가 부른 듯하지만
언제나 굶주리는 것
내 연인에게
여덟 글자로 내 마음을

전한다.

小窓多明

使我久坐

* 소창구명 사이구좌(小窓多明 使我久坐)
  "작은 창으로 밝은 빛이 많이 들어오니
  나로 하여금 오랫동안 앉아있게 하네"

사랑은 2

사랑은 금빛처럼
뜨겁게 타오르는 노을!
까닭 없이 눈물 나는 이야기!
어디서 왔기에 그리도 무겁고 또 가볍고
작은 바람에도 세차게 흔들리는가,
가는 곳마다 별빛이 쏟아지고
만날 때마다 아름다운 꿈을 노래하고,
밤이 나의 민낯을 가려주듯,
시계야 너도 멈춰서 이 꿈이
깨지 않도록 기다릴 수 있겠니?

사랑은 정말이지
아름다운 이름을 가졌지요.
사랑, 사랑 노래를 하다보면
사랑하는 사람이 찾아온다는
마술 같은 이야기가 있답니다.
별이 쏟아지는 밤에
보랏빛 연분홍 사랑 꽃 다섯 잎에
사랑하는 사람 이름을 써서

기도를 하면
다음날 태양처럼 정열이 불타는
그 사람이
온다고 합니다.

질투

돌계단을 밟고서 너를 만나러 간다.
지금은 말라 비틀어 졌어도
그때는 곱기도 했던 널 만나러 간다.

그때 입었던 베이지색 반코트의
소매는 헤지고
함께 바라보던 앵두나무
가지에 걸린 연노랑 잎사귀 찬 서리 내려 서글퍼도

난 기어서라도 널 만나러 간다.
가서 마지막 운명이 다한 바보가 될 터이니 .

동네 빵가게의 말라비틀어진
바케트 빵으로 허기를 채우면서 .

바람에 보낸 그리움

어젯밤 다녀간 너에게
답하는 마음을 아침바람에 실려 보낸다.
오늘밤도 어제처럼
내일 밤도 어제처럼
다녀간다면
그리움은 탑이 되고
외로움은 바다가 되겠지.

너 지금 어디 있느냐?

세상에 옳고 그른 것은 없다.
다만 추종 하는 것이 많으면 옳음이요
적으면 그릇된 것이다.
사랑도 그와 같아서 다수가 삿대질을 하면 부도덕이요
누군가가 옹호해 주고 응원을 주면 힘이 나서 부도덕 한 것도
합리적으로 이끌고 간다.
옛날 말 에 사랑하는 사람과 미운 사람을 만들지 말라했다.
사랑하는 사람은 만나지 못해 괴롭고
미운 사람은 만나서 괴롭다 했으니.
만나지 못해 괴로운 커다란 불행을 만들어 놓고
사슬에 얽매어 길을 찾지 못해 괴롭다.
정(情)이 증(憎)으로 변하여 멀쩡한 사람을 눈멀게 만드니
사랑이란 정말로 질기고도 거센 스트레스이다.
자유롭게 보살펴주고 마주보며 싸우는 것보다
같은 방향을 함께 가며 위로하며 자유로운 사랑,
수양이 덜된 마음을 파고든 사랑이 허술한 지붕에
빗물이 스미듯 오늘도 나를 적신다.
아닌 척 해도 아닐 수 없는 것,
천일동안 쌓아올린 공든 탑이 무너졌는데

그냥 가만히 놔두고 망연자실 보고만 있어야 하나.
언제쯤 이 애증의 굴레에서 벗어 날수 있을까,
언제쯤 이 무관심을 헤쳐갈수 있을까
스스로 물어본다,
너 지금 어디 있느냐?
너 지금 어디 있느냐?

살 냄새가 그립다.

난
수박처럼 마음이 둥글지 못하고
사과처럼 달콤하지도 않고
잘 익은 복숭아 같은 향기도 없다.

그러나
사랑하는 사람도 있고
보고 싶은 사람도 있고
외로움도 탈줄 알고
꼬집히면 아픈 줄도 아는
감정을 지닌 사람이다.

나이가 들면
앉으나 서나, 낮이나 밤이나
여인의 살 냄새가 그립고
느끼고 싶어진다.

스물 안팎 때의 어지럽던
그 그리움을 수십 년 잊고 살다가

손등이 앙상하고
두 눈이 침침해 지고
뿌연 안개 속에 노을이 다가오니
다시 솟구쳐 오른다.

사랑하는 사람아
내 마음을 알고는 있니?

열다섯 살 때

아침, 저녁
흙먼지 뒤집어쓰고
왕복 이십 리 길을
책가방 옆구리 끼고 다니던 시절에
여학교 교문 앞에서
제비 떼처럼 지지배배 거리며
나오는 아이들 바라보며
저 중에 내 색시 있을까,

무성굴 양짓말 작은 교회당
여학생들 많이 온다하는
옆집아재의 사탕발림에
추운 줄도 모르고, 찬송가도 모르면서
가시나 뒤통수 바라보며
옷태가 예쁘다 머리카락 예쁘다고
호기심에 혼자 부끄러워했던 기억.

교문 앞이나
교회당 문 앞이나
뒤돌아 나올 땐
내 발걸음이 참 섭섭해 했었다.

내게 올수 없는 건가요?

어둠이,
그대가 올지 몰라서
잠시 숨을 죽이는 시간입니다.

오늘도 내가
미워지고 가엽다는 생각이 듭니다.
왜 이렇게 슬픔은 떠나질 못하는 건가요?

웃으며
환하게 웃으며 보란 듯
앞을 가는 내 모습을 상상합니다,
예전에 그랬던 것처럼.

죽도록
그립고 보고파서 찾아 왔노라고,
그렇게 내게로 올수는 없는 건가요?

이렇게 긴긴날을 가슴 아프게 하는 당신,
그래서 나는 바보입니다.
그러나 비록 바보이지만
나는 바보이기에 당신을 기다릴 수 있어
얼마나 다행인지 모르겠습니다.

첫사랑 그 소녀

그것이 첫사랑 이었는지는 모른다.
그 소녀는 나와 입을 맞추고는
고개도 못 들고 달아나 버렸다.
다음날
그 소녀를 봤을 때 내게
작은 상자를 건네주고는
또 달아나 버렸다.
무엇이 그리 부끄러운지
도무지 알 길이 없지만 나는
그게 소녀의 사랑이라 믿었다.
그리고 며칠 뒤
그 소녀를 만났다.
무심히 흐르던 그 냇가를 무심천이라 했는데
소녀는 뭐가 그리 못마땅한지
돌을 집어 물결을 거슬러 물수제비만 날린다.
이것도 부끄러운 몸짓인가.
개천의 넓적 조약돌이 남아나질 않는다.
그렇게 몇 번 만나다가 우린 헤어졌다.

아!
참 싱거웠던 내 첫사랑.

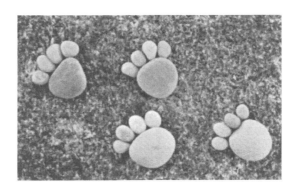

戀愛便紙(연애편지)

사랑하는 사람아!
쉽게, 이해하기 좋게 말을 할게.
나는 너와 풍광이 좋은 바닷가를 찾아가
창문이 넓은 집 안에서
설레고 떨리는 마음으로
달콤한 키스를 하고
그것이 모자라면 가슴을 조여 껴안고
지는 해를 바라보고 싶다.
그러다 달 없는 어둠이오면
파도소리를 들으며 쏟아지는
별빛의 축복을 받고 싶다.
우리의 거친 숨소리만이 세상을
지배하는 그런 밤을
생각하는 것이
어쩌면 허황한 꿈이 되고
아니면 현실이 될 수도 있겠지만
그날의 밤바다에 파도와 물결은
오늘도 찬란하리라.

사랑만 남겨 두고

어쩌다가 보니
염부나무 무성한 남섬부주(南贍部州)에
태어나서 찰나의 시간을 보낸다.
그동안 선연(善緣)들이 내 곁을 떠나간다.

나와 함께 울다 웃다 세월을 보낸
내 할아버지는 나와 스물셋 해를 함께 사셨고
내 아버지는 나와 육십사 년을 함께 사셨고
내 동생은 나와 육십삼 년 을 함께 살았다.

지금 이 순간 까지 수없이 만났던 많은 사람들
그리고 그중에 나와 함께 했던 선택받은 인연들,
지금 그들은 어디쯤 가고 있을까?
물방울 매달려 간당거리는 거미줄 같은
인드라 망에 걸쳐진 인연의 끈에
언젠가 어느 세상에서 또 만나
끊어진 망 줄을 이어갈지 누가 아는가.
나도 언젠가는 지울 수 없는
낙인을 찍고

그들과 똑같은 운명이 될 것이다.
그때는 뿌려놓은 사랑마저 거두어 가고 싶다.

허 무

죽어서야 갈수 있는 것이 별이다.
사람은 처음엔 새가 되어
하늘을 날아갈 꿈을 꾸더니
요즘엔 별까지 갈 욕심을 세웠고
지금도 기를 쓰고, 용을 쓰고
죽자 사자 정복의 꿈을 꾼다.
그러다 죽으면 별에 가는 것이다.

꽃이 아무리 곱다 한들
오래가지 못하듯
권세가 아무리 좋다 해도
언젠가는 나락으로 떨어지는 것이다.
그러나 불나방처럼
쉼 없이 부딪치며 그 것을 쫓아서
달려드는 것은 욕망이다.

보라,
해탈한 사람이 그것을 본다면
가녀린 것이 위태롭고, 아프고
불쌍해 보인다.
그 영광이란 것은 물거품 같아서
지고나면 허무로 남는 것인데
오욕에 물든 감각기관을
지닌 것들은
생각과 몸뚱이를 함부로 굴린다.

나 어떡해

육십을 넘어서니
세월이 "너도 별수 없다." 하면서
몸을 둔하게 만들어 놓고
명석했던 내 소뇌의 능력마저도
둔감하게 만들어 놓는다.
머리위에는 서릿발 같은 것들이 죽 늘어서고
아랫도리는 찬바람이 불어온다.

그러다
언젠가 아침밥 먹는 숟가락을 들어 올릴 힘조차
없어지면, 나 어떡하지!
눈에 좋다는 거시기,
정력에 좋다는 머시기,
살을 빼준다는 그시기,
아무리 채워 넣어도 소용없고
한참 흥을 내며 돌아다녀야할 이때
갑자기 힘이 빠진다.

그러나
나는 아직도 꽃 속에서 놀고 싶고
음악에 취하고 싶고
우유 빛 같이 곱지만 투명하지 못한 사랑을 하고 싶다.
나는 아직도 천년을 사는 고목처럼
길고 긴 뿌리를 깊게 박아놓고
햇살을 자양분 삼아서
그렇게 살고 싶고, 하고 싶은데
되는 게 없다.
나, 어떡해?

사태모퉁이

야심한 밤,
별은 있어도 달이 없으니 칠흑 같이 어둡다,
제삿밥 얻어먹으려고 낡은 군용 플래시를 켜서
들고 큰집으로 간다.
10미터도 못가 스르르 불이 꺼지는걸 보니
약이 다 되었나 보다.

야속하게도
아버지는 갈까 말까 망설이는
날 두고 먼저 가셨다.
시계가 없으니 몇 시 인지도 모른다.
쌀밥에다 무나물, 콩나물, 도라지나물 그리고
짭조름한 조기까지 내 눈에 어른거려
도대체 참을 수가 없어
벌떡 일어난다.
그때 내 나이는 아홉 살.

찢어져서 바늘로 꿰맨 검정고무신을 신고
무작정 집을 나섰다.

밤길이지만 불과 500미터 남짓한 거리에
무슨 일 있으랴 싶은지
엄마도 잡질 않는다.
비가 내려 질펀한 길을 한옆으로 더듬어가며
사태모퉁이 까지 왔다.
갑자기 엄마가 이야기한 달걀귀신과
멍석귀신 이야기가 생각나
머리칼이 서고 소름이 돋는다.
얕고 폭이 좁은 도랑을 건너다 앞이 안보여
그만 넘어져 버렸다.
순간 달걀귀신이 내 머리를 친다.
아프다! 그리고 물에 빠져 옷이 다 젖었다.
이때 스쳐가는 불길한 생각,
'아! 이젠 멍석귀신이 나를 말겠구나.'
눈을 뜨니 하얀 것이 앞에 어른거린다.
멍석귀신은 하얀색인가?

의문이 생긴다, 이건 무슨 귀신이지.
이젠 도리가 없다, 냅다 뛰는 수밖에 .
불과 300미터 거리를 어린 생각에
한 시간은 달려서 큰집엘 도착하고
난 그냥 졸도해 버렸다.

냉수 한 사발

겨울에서 봄의 거리나
여름에서 가을의 거리도
당신과 나의 거리 보다는
가까울 것 같소!

해도 잣대로 재고, 달도 재고
보석되어 빛나는 별도 재는 세상에
당신과 나의 거리는
도대체 몇 미터나 되는지
다가가면 멀어지고
잡았다 싶으면 어른거리니
사랑의 갈증은 끝이 없소이다.

자로 재지 못할 바에야
생각을 바꿔서 냉수 한 사발
마시고 속이나 차려야지
별 도리 있겠소.

가위 소리

내 몸에 작은 병마들이 설쳐대지만
언젠가는 그것들도 사라질 거야.
내가 갚아야할 빚과 이자 돈이
아직은 많이 남아 있지만
언젠가는 다 갚아질 거야.

그때가 되면
낡은 포터 한 대 사서
적재함에 뻥튀기 기계를 싣고는
동네방네 경치 좋은 시골만 찾아다니며
확성기 대신 가위소리 내면서
'뻥 튀겨요, 뻥 튀겨요.'

하루에 한명이 오던 두 명이 오던
세상 구경하면서
맛 뵈기 뻥 과자 온 동네 아이들 나눠 주고,
아! 이 얼마나 행복한 일인가.
내 인생이 활짝 피네!

태 몽

아홉 살 내 외손자 노아의 태몽은
토실토실 애기 주먹만 한 알밤 두 개 주워
주머니에 넣었고,
네 살배기 손녀 해솔이 태몽은
구렁이 두 마리가 논바닥을 뚫고
나오는 꿈을 꾸고
네 살배기 외손녀 레아의 태몽도
큼지막한 사과 하나를 따서 품에 안은
꿈을 꾸었다.
달포 전 꿈에 자두를 따서 하나는 먹고
하나는 주머니에 넣은 꿈을 꾸었는데
기억이 생생한걸 보니 이것도 태몽일까 하고
기다리는데 아직까지 소식이 없는걸 보니
개꿈이었나 보다.

2020, 3, 5

가을을 위한 변명

연두색 청개구리가
자기 몸을 보호하지 못한 채
추위에 떨며 버림받아 말라버린
잎사귀 위에 앉아있다.
"너 가는 길이 어디 길래 아직 그러고 있나"
하고 묻는다.

염불암 대웅전 뒤쪽, 단풍나무 아래
돌계단에 앉아
계란같이 갸름한 그녀의 얼굴을
바라봄을 추억하는 나나,
다 자라지도 못한 채 겨울을 기다리는 너나,
지난날의 흥분과 열정에 지쳐있기는 매한가지다.
그래, 너는 뒷다리를 바짝 오므리고
다시 한 번 비상을 하고
난, 추억의 그림자 끝을 잡고서
오는 겨울을 기다리마.

눈 내리는 밤

금정사거리 키 큰 가로등아래
불빛 따라 만들어진 둥근 모양
그 아래 밝은 빛을 따라
부산하게 쉼 없이 움직이는 것들,
늙은 사내 일곱이 송년의
분의기에 취해 어깨동무를 하고
둥글게 노래를 부르며 눈을 밟는다.

달이 없어도 밤하늘은 더 밝고
한낮에 위세를 떨치던 회색빛 미세먼지도
백설에 묻혀버린 그림 같은 풍경이다.
두발은 뛰고 네발은 기는 사거리는 구경거리,
미 수복지구 수령 김정일 사망 뉴스에
하품을 쏟아내던 마누라는
꿈길을 걷는지 첫눈 내리는 밤을
무심하게 보낸다.

2011. 12

忍苦하는 망부석

가을이 깊어갈수록,
그리움이 더해 갈수록
희망보다는 절망의 늪이 더 깊어집니다.
빗장열린 공간을 벗어나 자유를
찾았다고, 번뇌를 여의었다고
과연 그럴까!
하나를 버림으로 얻어지는 행복은
깊이를 알 수 없는 타락이 됩니다.
순간의 선택이 영원으로
이어 질수 있도록
오늘도 인고하는 망부석이 되어
남쪽하늘을 바라봅니다.

부모님의 땅

충북 청원군 낭성면 갈산리
청주 중심가에서 이 십리길
가래산 맞은편 호랑이 놀던 땅
작은 들 펼쳐 있고 조금은
문명의 혜택이 부족한 촌입니다.
아버지와 그의 아낙인 어머니가
낳아주신 팔남매 중 첫째가
나이지요.

그랬습니다.
마른지푸라기 속 돼지새끼들처럼
아무거나 잘 먹고 꽥꽥 토실토실 잘 자라
모두 다 출가하여
일가를 이루니 지금은 서른여섯 대가족.
그 아버지 어머니 아직은
밭 일. 논 일 대소사 모두 챙깁니다.
집하고 같이 사는 수령400년
느티나무는 한쪽 큰 가지가 부러져
힘이 들어보여도 여전히 기백을

뽐내고 그 아래에서 오수를 즐기는
우리아버지, 아침부터 찌는 더위에
고향집 을 그립니다.

2013. 8

저작료 달랜다.

수리산 사신암터 가는 길에
큰 도토리나무,
그 아래에
터를 잡고 사는 어린 녀석
잎사귀 네 개로 자라나는 놈이 있다.
그 모습이 앙증맞고 귀여워 사진을 박았더니
키 큰놈이 날 보고 저작료를 달랜다.
'어찌 줄까?'
물었다.
녀석은 자기 밑동아리에
내 육수를 원한다.
가뭄에 목이 마르니
온수인들 마다할까.

2005. 8

*수년전 가뭄으로 힘들 때, 그해 나는 시청에서 보조를 받아 암퇘지 한 마리 앞
 에 놓고는 기우제를 지냈다.

벚꽃 지는 밤

운명에 복종하는 시간이 오면
나비처럼 날다가 바닥에 떨어진다.
기껏해야 일주일도 못가는 기구한 삶이
열매는 빨리도 열려 유월이 되면
길바닥이 온통 검은색 물방울무늬로 채색 된다.
긴 겨울동안 사막의 오아시스처럼
기다렸던 너 이었건만
너는 역시 변심한 애인처럼 그렇게 빨리도 가는구나.
그런 너를 바라보다 나는 땅거미 내릴 때 까지
수작을 부리며 눈물을 흘린다.
그 눈물 밤비가 되어 몇 잎 안남은 것 마저
바닥에 떨어뜨리고 오가는 이에게 밟힌다.

마음으로 부르는 노래

가수는 입으로 노래를 하고
시인은 마음으로 노래를 합니다.

입으로 부르는 노래는 귀를 파고들지만
마음으로 부르는 노래는 가슴을 파고듭니다.

순도 높은 가치를 추구하는 시인의 노래는
사랑이 가득 채워지고
허전한 영혼들은 그것에 손을 내밉니다.
채울 수 없었던 영혼의 외로움도 잠시뿐
거역할 수 없는 시인은 손을 잡아 줍니다.

존재감을 일깨워준 시인의 노래는
불멸의 노래가 되어 빈 가슴에 차곡차곡
탑을 쌓고 그 속을 채워갑니다.

그것은 마치
천수천안을 지닌 관음보살처럼
가뭄 끝의 단비가 되어
허전한 영혼을 사랑으로 채워주고
슬픔을 닦아내는 거룩한
이정표가 되어줍니다.

2005. 9 채유진 시인의 처녀시집 발간 축시

나는 무섭다.

나는 무섭다.
나의 숨소리가, 지축을 울리듯
누운 잠자리에서는 더 크게 들린다.
온종일 날 쫓아 다니던 오른쪽 귀의 파도소리는
잠자리까지 찾아들고
알게 모르게 솟는 식은땀은
앙가슴 타고 흘러 내를 이뤄
거적때기속옷을 적신 것도 모자라
냄새까지 절었고 풍긴다.

나는 두렵다.
할 일은 설산*보다 높은데
시간은 기다려 주지 않고, 찾는 사람도 없다.
다만 눈치도 없고 관심도 없는 콜 센터 아가씨는
왜 자꾸 날 찾는지
오늘도 세통이나 받았다.
너희가 내 처지를 알면 일 년 열두 달
전화한번 안줄게 뻔하지!

자식이 되어선, 자식도리 못하고
부모가 되어선, 부모도리 못하고
개같이 벌었던 배춧잎은 은행에 다주고
그야말로 별도 달도 모르게 혼자서
왔다가는 인생에 아쉬움은 끝이 없다.
어차피 헛발질 인생, 홀로 가는 길
웃다가 가고 싶다.

*설산– 히말라야

2014 여름이 버겁다.

푸르던 잎사귀는
말라서 비틀어지고
계속되는 마른장마에
사람들도 의욕을 잃고
대개는 휴가를 간다.
골목을 차지한 고양이 떼와
놀이터를 차지하고 담배를 피우는
저 중학생 철부지들,

둘 다 지저분하고 버릇도 없다.
누가 누구를 탓하랴.

티브이에선 몇 개월인지도 모르게
사월 진도앞바다 이야기로
역시나 오늘도 도배를 한다.
그 뉴스, 아직도 혼란스럽고
삶의 의욕 잃은 나는 또다시
하늘만 바라보며 멍 때린다.

2014. 8

오해균 詩와 散文 選集

童話

복 지은 선재

'빨리 초하루가 왔으면 좋겠다.'

책상에 앉아 턱을 괴고 들창문 앞에 올라온 키 큰 해바라기와 얼굴을 마주하던 선재가 생각을 하였습니다. 초등학교 3학년 선재는 초하루가 되면 엄마를 따라서 이웃마을 작은 암자에 가기로 약속이 되어 있답니다.

늘 가고는 싶지만 학교 때문에 가지를 못했는데 이번 초하루는 다행히 일요일 이었기에 선재의 마음을 아는 엄마가 며칠 전부터 함께 가자고 하였고 선재도 엄마에게 꼭 같이 가지고 다짐을 받아 두었습니다.

엄마는 절에 가기 전 항상 쌀 두 됫박을 물에 담그고 그것을 돌로 만든 절구통에 넣고 곱게 빻아서 쌀가루를 만들고 절에 가서 시루에 떡을 쪄서 부처님 앞에 올리고 기도를 합니다.

선재가 운이 좋으면 엄마를 따라가 따뜻한 백설기를 먹을 수 있고 아니면 집으로도 가져오시니 선재는 엄마가 절에 가기만을 기다립니다.

"엄마 쌀 안 담가?"

"왜, 너 또 떡 먹고 싶구나?"

"응."

"어쩐지 며칠 전부터 들떠 있는 것이 그런 속셈이 있었군."

엄마는 쌀을 절구통에 넣고 절구질을 선재에게 시켰습니다.

"어디 떡 먹으려면 힘 좀 써봐라, 떡은 그냥 먹는 게 아니야."

선재는 쇠절구를 들고 한번 두 번 숫자를 세어 가면서 열심히 절구질을 하였습니다. 마루에 앉아서 그 모습을 바라보던 아빠가 녀석이 애처로운지 다가와서 절구를 낚아챘습니다.

"이리 주렴 내가 하마."

"아빠 나도 힘이 있어."

"그래, 너 힘 있는 거 알아 그렇지만 아빠도 힘이 센 거 알지?"

"응."

선재는 못이기는 척 뒤로 물러섰습니다.

다음날 엄마는 선재를 앞세우고 어제 곱게 만들어 놓은 쌀가루를 가지고 이웃마을 암자로 향했습니다.

녀석은 뭐가 그렇게 신이 나는지 고무신이 벗겨지는 줄도 모르고 뛰면서 엄마를 기다리고 엄마가 가까이 오면 또 뛰기를 반복하면서 십리쯤 떨어진 이웃마을로 들어섰습니다.

작은 대나무가 총총히 심어진 길로 들어서니 대숲에 숨어있던 새들이 짹짹거리며 엄마와 선재를 반겨줍니다. 새들의 인사를 받으며 마당에 들어서니 큰스님이 반겨줍니다. 엄마는 짐을 내려놓으시고 두 손을 모아 스님께 인사를 합니다.

엄마를 올려다보던 선재도 합장을 하고 인사를 하였습니다.

"스님 안녕하셨어요?"

"오냐, 선재도 공부 잘했지?"

"네."

스님은 선재의 어깨를 토닥토닥 두드려 주며 반가워했습니다.

절 마당에는 시루를 올려서 떡을 찌는 화덕이 몇 개 놓여 있고 보살님 두 분이 벌써 떡을 찌고 계셨습니다. 그 사이 엄마는 떡 시루를 화덕의 솥에 올리고 떡을 찌기 시작하였습니다. 선재는 침을 꼴깍 삼키며 어서 빨리 떡이 익기를 기다렸습니다.

그때 스님이 오셔서 선재에게 말을 걸었습니다.

"선재야, 그렇게 바라만 보지 말고 이따가 기도 끝나고 떡을 먹으려면 복을 지어야지."

"복을 지어요, 어떻게요 스님?"

"떡을 먹으려면 떡값을 해야지."

선재는 떡값 이라는 말에 덜컥 겁이 났습니다. 돈이 하나도 없는데 말이지요.

"스님 저는 돈이 없어요."

"이 녀석 봐라, 누가 돈 내라 했니, 절에서 떡을 먹으려면 그만큼 뭔가를 해야 하는데 어쩔 것이야, 스님이 시키는 대로 할 수 있지?"

"네."

선재는 기어 들어가는 듯 작은 소리로 대답을 했습니다.

"자 그럼 대답을 했으니 지금부터 부처님 앞에 가서 절을 해라."

"알겠습니다."

스님에게서 생각하지도 않은 답이 나오자 선재는 법당에 가서 몇 번 절을 하면 되겠구나 생각을 하고는 자신 있게 대답을 한 것입니다.

"단, 조건이 있다, 전에처럼 세 번은 안 되고 오늘은 백팔 배를 하여라."

"그게 뭔데요 스님?"

"뭐긴, 절을 백 여덟 번 하는 거지."

선재는 하마터면 까무러칠 뻔 했습니다. 스님과 선재의 대화를 듣고 있던 엄마는 손으로 입을 가리고 웃음을 삼키십니다.

"자 대답을 했으니 어서 들어가자."

어쩔 수 없이 선재는 스님을 따라 대웅전으로 따라갔습니다. 선재는 시키는 대로 소리 내어 숫자를 세어가며 절을 하기 시작했습니다.

"선재야 숫자는 속으로 세거라."

"네"

선재는 속으로 숫자를 세면서 절을 하기 시작했습니다. 열 번 정도를 했는데 갑자기 숫자가 생각이 안 나는 것입니다.

'어라, 내가 몇 번을 했지.'

선재는 염불을 하시는 스님에게 말을 하였습니다.

"스님 목탁소리 때문에 숫자를 잊어 버렸어요, 어떡해요?"

"그럼 처음부터 다시 세렴."

내키지 않았지만 어쩔 수 없이 처음부터 다시 세기 시작했습니다. 숫자를 잊어버리지 말아야지 생각을 하면서도 또 잊어버리고 말았습니다. 선재는 마음속으로 갈등을 하기 시작했습니다.

'분명히 스님은 내가 몇 번 했는지 아실거야, 내가 숫자를 세지 말고 그냥하면 스님이 멈추라고 하시겠지.'

갈등을 하던 선재는 숫자를 안세고 그냥 계속 절을 하였습니다. 절을 하는 동안에 엄마는 떡을 다 해서 부처님 앞에 놓고 절을 하고, 기도 하는 아주머니들도 선재를 바라보며 절을 잘한다고 수근 거리니 웬일인지 더 힘이 생겼습니다.

그러나 시간이 지날수록 다리는 떨리고 몸은 말을 듣지 않습니다. 땀은 비 오듯 흘러 눈으로 들어가니 눈도 못 뜨겠고 연신 소매로 땀을 훔치면서 비틀 거립니다.

"선재가 절을 잘하는구나."

모두들 한목소리로 절을 잘한다고 칭찬을 하니 그만 할 수도 없습니다.

'내가 절을 몇 번이나 했나, 아마 백번은 했을까, 조금만 더 하고 쉬어야지.'

그렇게 몇 번을 더 하고나서 슬그머니 일어나 소매로 땀을 훔치고는 뒷걸음으로 나가려 하는데 스님께서 뒤에도 눈이 달렸는지 몰래 나가려는 선재를 잡습니다.

　"선재야, 아직 백번도 못했는데 그만하려고 그러니?"

　마음이 급한 선재는 순간 기발한 핑계가 생각났습니다.

　"스님, 쉬~ 하려 구요."

　그리고 얼른 밖으로 나오는데 발이 말을 듣지 않습니다. 천천히 발걸음을 옮겨가며 절 마당을 한 바퀴 돌고는 다시 법당에 가서 절을 해야겠단 생각에 아픈 다리를 이끌고 천천히 법당으로 들어가 절을 하기 시작했습니다.

　그때 스님의 목소리가 다시 귀를 파고듭니다.

　"선재야 하다가 멈추면 하나부터 다시 세는 거 알지?"

　선재는 뭐라고 말을 하고 싶었지만 마치 큰 죄라도 지은 사람처럼 아무 말도 못하고 그냥 천천히 절을 했습니다. 어른들은 염주를 돌려가면서 열심히 기도를 하는데 마치 자기 혼자 꾀를 부린다 생각이 들어 미안하기도 했습니다. 얼마나 시간이 흘렀을까, 스님이 목탁을 마무리 하시고 모두는 기도를 끝냈습니다.

　"선재엄마, 오늘 선재는 떡을 많이 줘야겠어요."

　"그럼요 ! 스님."

　"아마 절을 이백 번도 더했을걸."

　"하하하 호호호"

　모든 보살님들이 웃기 시작하였습니다.

순간 선재는 깜짝 놀랐습니다,

'아니 진짜! 내가 이백 번이나 했다고.'

그러고는 가만히 생각해 보니 뭔가를 깨닫게 되었습니다.

'내가 모든 사람에게 놀림감이 되었지만 나는 그만큼 많이 복을 지었으니 괜찮아!'

그리고는 엄마를 따라 방으로 들어갔습니다. 그렇게 다리가 아픈데도 배가 고파서 떡을 아주 맛있게 먹었습니다.

복을 많이 지은 선재는 집에 돌아와서도 다리가 아파서 끙끙거렸습니다.

"아니 여보, 애가 왜 저렇게 힘들어 하는 거요?"

"선재가 절에서 절을 이백 번이나 했네요."

"내일 학교를 어떻게 가라고 그래요?"

"내가 시킨 게 아니고 자기가 자진해서 했어요."

아버지는 걱정스러운 얼굴로 선재를 바라보았습니다.

아침에 일어나니 어제보다도 더 힘이 들었습니다. 선재는 다리가 아파서 발을 벌리고 천천히 걸어서 학교엘 갔습니다. 그때 같은 반 친구 은식이가 다가오더니 살며시 물어봅니다.

"선재야 너 어디 아프니, 혹시 고래 잡았니?"

"그게 뭔데?"

"다리 벌리고 천천히 걸으면 고래 잡은 거라고 우리 형이 그랬다.”

　이런 대화를 듣던 다른 친구들이 놀려댑니다.

　“선재가 고래 잡았대요.”

　한 아이가 소리를 지르니 다른 애들도 덩달아 따라서 합니다.

　“선재는 고래 잡았대요.”

　선재는 그게 무슨 뜻 인지는 모르지만 놀림 받는 것에 화가 났습니다. 교실에 들어와서도 애들이 선생님에게 고자질을 합니다.

　“선생님 선재가 고래 잡았대요.”

　“아니 애들아 그게 무슨 말이냐?”

　“선재야 너 어디 아프니?”

　“아픈 건 아니고요, 선생님 그게 뭐냐 하면요, 어제 제가 엄마 따라 절에 가서 떡 먹으려고 절을 많이 해서 다리가 많이 아파요.”

　얼떨결에 나온 떡 이야기 에 또다시 아이들이 깔깔거리면서 모두들 웃음보가 터졌습니다.

　“자, 모두들 조용히 해라, 선재는 절을 해서 떡도 먹고 복을 많이 지은 거란다.”

　선생님의 한마디에 그제 서야 아이들이 조용해 졌습니다. 선재는 떡 때문에 창피했지만 고래 잡았다는 것이 뭔지 궁금했습니다.

　“선생님 고래 잡는 게 뭐예요?”

"그것은 너희들이 커서 중학교를 가면 알 수가 있단다."

시원한 해답을 못 들어 실망한 선재는 빨리 커야지 하는 생각을 하면서 집으로 돌아왔습니다. 배가 고파진 선재는 어제 절에서 가져온 하얀 백설기 한 덩어리를 들고는 빨리 먹으면 아깝단 생각에 조금씩 떼어서 먹는데 아까부터 선재를 보면서 침을 흘리던 멍멍이가 그만 낚아채 달아납니다.

"야~ 이 놈이."

쫓아가다 포기하고 맥없이 마루에 앉아서 화를 삼키는데 엄마가 다가오셔서 떡을 한 덩어리 주면서 달래줍니다.

"괜찮아, 우리 선재가 멍멍이에게 떡준 것도 복 지은 거란다, 얼마나 먹고 싶었으면 채 갔겠니."

"그것도 복 지은 거야 엄마?"

"그래!"

"절해서 복 짓고 멍멍이한테도 복 짓고 그런데 왜 손해만 보는 거야?"

"호호호 생각하기 나름이지."

"엄마 복 짓는 것은 정말 힘들어!"

"그럼 세상에 쉬운 일이 있니."

하얀 백설기를 맛나게 먹으면서 언제나 복 짓는 선재가 되겠다고 다짐을 합니다.

-끝-

천진불 이야기

"얘야, 화장실이 어디니?"
누군가 물었습니다.
"여자 화장실 옆이 남자 화장실입니다."
아이의 대답이 웃자고 하는 건지 황당하고 당돌합니다.
"그럼 여자화장실은 어디니?"
"남자가 거기는 왜 물으세요?"
갈수록 태산입니다. 주위에 둘러서서 외부에서 오신 손님을
살펴보던 많은 아이들이 깔깔 거리고 웃음보가 터졌습니다. 이
정도면 분명 바보 아니면 천재입니다. 그때 단발머리를 90도 각
이 지게 예쁘게 자른 소녀가 앞으로 나왔습니다.
"아저씨, 쟤가 아저씨를 놀리는 거예요, 저를 따라 오세요."

햇볕이 따사로운 일요일, 한 무리의 사람들이 자동차 몇 대로
아동보호시설인 '문수의집' 마당으로 들어섰습니다.
아이들을 돌보는 스님이 나와서 손님들을 맞이하고 그들은 준
비해온 옷이며 선물 등을 내려놓고 기념촬영을 하느라 수선을
피우고 잠시 동정을 살피던 스님은 당신의 방으로 손님들을 안

내합니다. 일행은 스님이 다려서 내놓은 차 맛이 좋아서 저마다 한마디씩 합니다.

"스님 차의 향기가 정말 좋습니다."

"가격도 비싸겠지요?"

"이것은 우리나라 제품인가요?"

이런 질문에 탄력을 받았는지 스님은 열심히 차를 우리면서 자신의 차(茶)를 자랑하기 시작했습니다.

"이놈은 중국의 보이차인데 백년 된 것 이고요, 가격은 몇 백만원 갑니다. 이것은 우리나라 화개에서 만든 작설차고요, 가격은 30만원이고 ······ "

차 자랑이 끝이 없습니다. 이때 누군가 한마디 하였습니다.

"스님 비싼차 손님에게 대접하지 말고 아이들 복지나 신경 쓰는 것이 더 좋을 듯합니다."

차를 우리던 스님의 표정이 굳어졌습니다. 일행은 모두 놀라서 말 한 사람을 바라봤습니다. 같이 온 일행은 아니고 혼자서 오신 중년의 보살님 이었습니다. 사실 그분은 이런 저런 사유로 부모 없이 시설에 온 아이들에게 도움을 주러 온 도시의 큰 부잣집 마나님 인데 스님의 차 자랑에 그만 화가 난 듯합니다. 나는 얼른 화제를 바꿔야 하겠다는 생각에 말을 만들었습니다.

"스님께서 봉사 오시는 분들에게 좋은 차를 대접하려고 신경을 많이 쓰셨군요."

누군가가 또 분위기를 바꾸려고 거들어 줍니다.

"우리 차 그만 마시고 아이들 방이나 둘러봅시다. 이게 어디 보통 원력으로 되는 건가요, 스님 참 훌륭하십니다."

그리고는 모두 일어나 밖으로 나가서 별채로 지어진 건물의 아이들 방을 둘러보았습니다. 시설이 많이 열악하였지만 아이들 표정만큼은 참으로 밝았습니다. 남자 화장실을 알려준 단발머리 소녀는 자신이 안내자인 것처럼 화장실을 알려준 아저씨의 손을 잡고 열심히 설명을 하여 줍니다.

"너 이름이 뭐니?" "정미 예요, 박정미."

"정미는 지금 몇 학년이지?"

"저 5학년인데요."

"그렇구나, 정미야 아저씨 딸 할래?"

정미는 큰 눈을 깜박거리며 아저씨를 바라봅니다. 그리고는 이내 눈물을 흘리며 고개를 숙이고 훌쩍입니다.

"아이고 정미야! 아저씨가 실언을 했구나, 미안해."

들릴 듯 말 듯 정미가 대답을 합니다.

"나도 아저씨가 좋아요, 꼭 아빠 같아요."

부모의 정이 그리운 나이의 소녀가 얼마나 아빠가 그리웠으면 말 한마디에 아빠라 했을까 생각을 하니 그 모습을 옆에서 바라본 나는 가슴이 뭉클했습니다.

"그래! 그럼 아저씨 수양딸하자, 오늘부터 나를 보면 아빠라고 부르렴."

"좋아요, 그런데 스님에게 혼나면 어떡해요?"

"내가 잘 이야기 해줄게."

"좋아요, 아빠. 그런데 아빠 이름은 뭐예요?"

"응, 아빠는 이 환봉 이라고 한다, 박 씨가 아니라 아쉽지만 괜찮지?"

"그럼요, 아빠."

"사실 아빠는 딸이 없고 아들만 둘이라서 너같이 예쁜 딸이 있으면 좋겠다고 늘 생각을 하였거든."

"아빠, 나를 꼭 기억하고 자주 오셔야 해요."

"그럼 ,그럼 , 자 우리 약속하자."

정미와 환봉아저씨는 서로 새끼손가락을 걸고 약속을 하였답니다. 그리고 환봉 아저씨는 아무도 모르게 자신의 명함을 정미의 손에 쥐어 주었습니다.

"정미야 내 목소리가 듣고 싶을 때 전화하렴, 알았지?"

명함을 한참 바라보던 정미가 아쉬운 듯 말했습니다.

"저! 그렇지만 전화가 없는걸요."

"아차! 내가 그 생각을 못했구나, 하여튼 내가 가끔 널 보러올게."

"꼭 또 오셔야 해요."

두 사람은 서로 손가락을 걸고 약속을 했습니다. 그렇게 정미와 아저씨는 아쉬운 작별을 하였습니다.

집으로 돌아온 아저씨는 늘 정미의 얼굴이 떠올라 일손이 제

대로 잡히질 않았습니다. 며칠이 지난 어느 날, 큰 결심을 한 듯 아저씨는 부인에게 말을 하였습니다.

"여보 우리 딸 한명 입양합시다."

다소 황당한 표정으로 아저씨를 바라본 부인은

"아니 밑도 끝도 없이 그게 무슨 말씀이세요?"

"내가 며칠 전 어느 시설을 다녀왔는데 내게 아빠라 부르며 유난히 잘 따르던 아이가 있었다오, 그 녀석이 자꾸만 눈앞에 어른거리네."

"눈앞에 어른거린다고 입양을 해요?"

"그건 아니지만, 아빠, 아빠 하던 모습이 너무 정이 가서 말이야."

"그건 쉬운 일이 아니지만 한번쯤 생각은 하여 볼게요, 대신 며칠 있다가 가서 그 아이를 한번 봅시다."

"알았소, 고맙구려."

그러나 아저씨의 생각과는 다르게 그만 일이 꼬이고 말았습니다. 며칠 후 문수의 집을 찾았을 때 정미는 이미 그곳을 떠나고 없었습니다.

"스님 박정미 어린이가 안보입니다."

"무슨 일로 정미를 찾으시는데요?"

"예, 사실 오늘은 제가 정미를 입양할까 하는 생각에 스님과 상담을 하려고 왔거든요."

"아이고! 한발 늦으셨네요, 어제 정미 삼촌이라는 사람이 와서 데리고 갔습니다."

"삼촌이 있었나요?"

"네, 그 사람이 이곳으로 정미를 데리고 왔었지요, 저희 입장에서야 친족이 데리고 가겠다는데 어쩔 수가 없지요, 이제 형편이 좀 좋아져서 데려 간다는군요, 그러지 마시고 입양 생각이 있으면 다른 아이를 살펴보시지요."

"아닙니다, 그냥 돌아가겠습니다, 혹시 스님 정미를 데리고 간 사람 주소라도 알 수는 없는지요?"

"그게 좀 어렵겠어요, 그쪽에서 누가 찾아오는 것을 원하지 않는답니다."

"왜요?"

"그야 모르지요."

낙담을 하고 문수의 집을 나온 부부는 한동안 말이 없었다.

"여보 우리랑 인연이 아닌가봅니다, 너무 서운해 하지 말아요."

"글쎄 말이요, 어쨌거나 그 아이가 잘 되었으면 좋겠소."

집으로 돌아오는 길 내내 뭔가 잃어버린 듯 허전한 마음이 마치 아이를 잘못이라도 되면 내 책임이 아닌가 하는 생각이 들었습니다.

긴 세월이 지나고 아저씨의 기억 속에서 정미가 존재가 까맣

게 지워진 어느 날 이었습니다. 회사에서 일을 하는 아저씨에게 전화가 걸려왔습니다.

"여보세요."

"혹시 환봉아저씨세요?"

"내가 이 환봉인데 누구니?"

소녀의 목소리인데 도통 떠오르는 사람이 없는 아저씨는 고개를 갸우뚱 하며 재차 물었습니다.

"누구지?"

"아저씨 저 정미예요."

순간 반가움과 놀라움이 한꺼번에 밀려오면서 아저씨는 자신도 모르게 크게 소리를 질렀습니다. 마치 어둠에서 밝은 등불이 밝혀지듯 5~6년 전의 기억이 떠올랐습니다.

"그래! 정미야, 잊지 않고 날 찾았구나, 그러고 보니 참 오랜 세월이 흘렀다, 전에 내가 너를 보러 갔는데 삼촌이 데려 갔다고 하더구나."

"죄송해요, 저도 매일 아저씨 생각했지만 이제야 전화를 드리네요."

"지금 어디에 사니?"

"저는 지금 경상도에 있는 절에 있어요."

"아니, 왜?"

"이야기 하자면 길어요, 저 중학교 졸업하고 삼촌 집을 나왔어요,"

"그랬구나, 친척인데 잘 지내야지 나오면 어떡해?"

"작은아버지가 잘 해주긴 했는데 쉽지 않은 결정이었어요."

"내가 한번 널 보러 갈 테니 주소 좀 알려 줄래?"

"저 사실은 다음 주에 머리를 깎아요, 제 생각에는 누구에겐가 축하를 받고 싶은데 떠오르는 사람이 내가 늘 아빠처럼 생각했던 아저씨 밖에 없었어요."

"머리를 깎는다는 건 스님이 된다는 이야기니?"

아저씨는 당황스러웠습니다. 잃어버린 딸을 찾았다는 생각이 있는데 갑자기 스님이 된다하니 황당하고 뭐라 말을 해야 할지 생각이 나지 않았습니다.

"저 축하해 주실 거지요?"

"글쎄다 내가 어떻게 축하를 해야 하는 건지 잘 판단이 안 서는구나!"

정미가 불러주는 주소와 머리 깎는 날짜까지 받아 적고는 곰곰이 생각을 해 보았습니다.

'녀석이 무슨 시련이 있기에 그런 생각을 했을까, 내 딸이 되어 주길 기대했는데 이젠 소용없는 일이 되었네.'

그날 저녁 아저씨는 집에서 부인에게 정미 이야기를 꺼냈습니다.

"당신 나하고 같이 가 볼까?"

"글쎄요, 정미는 생각이 깊은 아이 인가 보네요."

"그거야 옛날 녀석을 처음 봤을 때 느낀 거지."

"갈 생각이시면 삭발 하는 날 가서 축하해 주는 것도 괜찮겠네요."

"고 녀석 고운 얼굴에 파르라니 깎은 머리가 얼마나 예쁠까!"

"잘 되기나 빌어주세요, 엉뚱한 소리 마시고."

"진작 찾아서 우리 딸로 키웠어야 했는데 정말 아쉽네."

정미의 마음은 지금 어떨까,

'봄날 무지개다리를 건너는 기분일까, 아니면 백척간두에서 방황하는 여린 나그네가 되어 있을까. 어서 가서 녀석을 만나 이야기를 들어봐야지, 그리고 내 딸을 만들어야지. 식구 중에 스님이 있는 것도 복이 아닐까!'

*천진불 – 불교에서 꾸밈이나 거짓이 없이 참되고 착한 아이를 이르는 말

삼식이

학교에서 담임선생님께 꾸지람을 듣고, 복도에서 무릎 꿇고 손을 드는 벌을 받고, 오늘 하루 기분이 최고로 상한 삼식이는 책가방을 머리에 이고는 고개를 숙인 채 신작로 갓길을 걸어가는데 검은색 승용차 한 대가 저만치에서 먼지를 일으키며 달려와 그만 먼지까지 잔뜩 뒤집어쓰고 말았습니다.

화가 머리끝까지 치민 삼식이는 입안의 침과 가래를 다 모아서 있는 힘을 다해 차를 향해 뱉어 냈습니다.

'에이, 이거나 먹어라.'

그런데 저만치 가던 차가 갑자기 멈추고는 운전사가 내리더니 조금 멀리 떨어진 곳에 있는 자신을 쏘아 보는 것이었습니다.

'내가 가래침을 뱉은걸 알고 날 혼내려는 건가.'

삼식이는 움찔하고 잔뜩 긴장을 했습니다.

그런데 운전석에서 반대편 조수석으로 오더니 문을 열고 개를 한 마리를 끄집어내어서 길가에 내려놓는 것이었습니다. 그리고는 빠르게 차를 몰고는 도망을 가듯 빠르게 달립니다. 시골길 신작로에 버려진 개는 한참을 쫓아가다가 안되겠다 싶은지 그 자리에서 차를 향해 짖기만 했습니다.

"멍 멍 멍."

그리고는 가까이 다가오는 본적도 없는 삼식이에게 다가와 꼬리를 흔들며 바라보는 것이었습니다.

"야, 저리가! 난 개를 싫어한단 말이야."

"멍 멍 멍."

삼식이도 차가 도망가듯 냅다 집을 향해 달리기 시작했습니다. 강아지도 삼식이를 따라서 뛰어 오기 시작했습니다. 뛰다가 지친 삼식이가 멈추면 개도 멈추고, 뛰면 개도 뛰고 '정말 오늘은 너무 재수가 없는 날인가 보네.' 그런 삼식이의 마음을 아는지 모르는지 옆에서 꼬리를 흔드는 그 개를 자세히 바라보니 종을 알 수는 없지만 작고 예쁜 강아지였습니다.

"너도 나처럼 오늘 재수가 없구나, 주인에게 버림받고."

삼식이는 강아지가 따라 오든 말든 집으로 들어섰습니다. 집 앞에서 잠시 주춤하던 강아지는 이내 삼식이를 따라 왔습니다.

"엄마, 엄마."

들에 나가셨는지 엄마는 대답이 없고 집은 텅 비어 있습니다. 책가방을 마루에 던져놓고 삼식이는 엄마를 찾아나갔습니다. 녀석도 자기 주인인 것처럼 삼식이를 쫓아옵니다. 앞산 상여집이 있는 콩밭에 엄마가 보입니다.

"엄마, 엄마."

콩밭에서 일을 하던 엄마가 허리를 펴고 삼식이를 바라봅니다.

"학교 갔다 왔으면 씻고 밥 먹어야지 밭에는 왜 오니?"

핀잔을 주듯 하는 말에 의기소침해진 삼식이를 보고 고소하다는 듯 따라온 개가 짖어 댑니다.

"멍 멍 멍."

"아니 이 개는 또 뭐니?"

"나도 몰라 , 누가 저기 신작로 길에 버렸는데 나를 쫓아 왔어."

"버렸다면 우리 집에서 키우면 되겠구나."

"그래도 돼?"

"그럼 살아있는 개를 죽게 내 버려 둘 수는 없잖아, 네가 예쁜 이름을 지어주렴."

"이름을?"

삼식인 무슨 이름이 좋을까 생각하다가 너도 '삼식이 해라' 하고는 "삼식아." 하고는 개를 불러 보았습니다. 아는지 모르는지 멍멍 거리며 좋아합니다.

"엄마, 얘도 내 이름처럼 삼식이라고 할까? 그래야 나 학교 가면 엄마가 나 보고 싶을 때 삼식아 하면 되지."

엄마는 기가 막힌다는 표정을 지으면서 혼잣말로 웃으면서 말했습니다.

'이젠 내가 개까지 삼시세끼를 차려 줘야겠네.'

그날부터 버림받은 개 삼식이는 삼식이네 식구가 되어 온갖 재롱을 부리며 귀여움을 독차지 했습니다.

아빠가 삼식아 하고 부르면 둘이 대답을 하고 삼식이가 학교를 가면 개 삼식이도 따라오고 전생에 큰 인연이 있었나 싶게 언제나 둘은 같이 했습니다. 집에서 놀다가도 멀리서 학교 종소리가 들리면 신작로까지 삼식이를 마중 나오는 삼식이가 너무 귀엽고 영리하여 둘은 시간이 흐를수록 많이 친해 졌습니다.

"삼식아."
한가하게 마루에 앉아있는 삼식이를 부릅니다.
"네 엄마."
"너 어레미 가지고 앞 냇가에 가서 물고기 좀 잡아 올래?"
큰 그물도 없어 작은 어레미로 물가 수초에 대고 발로 첨벙첨벙 거리면 미꾸라지 송사리 등 물고기가 들어와 잡는 방법으로 재수가 있으면 큰 붕어도 잡는 재미있는 방법으로 삼식이는 얼른 대답을 했답니다.
"알았어요, 엄마!"
삼식이는 찌그러진 주전자와 어레미를 들고 신작로 옆 냇가로 갔습니다. 개 삼식이도 뭐가 그리 즐거운지 꼬리를 흔들며 따라 왔지요. 물에 들어간 삼식이는 아래쪽부터 잡아가면서 올라오기 시작했습니다. 그러나 누군가 다 잡아갔는지 물고기가 그렇게 많지는 않았답니다. 잔챙이 송사리 몇 마리만 건저 올려 낙담을 하고 있는데 개 삼식이가 물에 흠뻑 젖어서 어디서 잡았는지 붕어 한 마리를 물고 삼식이 앞으로 왔습니다. 삼식이는 붕어를 받아 주전자에 놓으니 녀석은 또 고기를 잡으러 사라집니다. 마치 녀석이 누가 많이 잡나 내기라도 하자는 식으로 냅다 냇물로 갑니다. 녀석을 바라보니 깊은 웅덩이가 있는 쪽을 바라보며 기회를 엿보는 듯 했습니다. 그렇게 5분 정도를 주시하더니 물속으로 들어가 또 한 마리를 건저 올립니다.

'야! 녀석이 희한한 재주를 가졌네.'

삼식이도 질세라 열심히 고기를 잡았습니다. 그렇게 두 시간 정도를 잡으니 주전자가 거의 차게 되었고 삼식이는 저녁상에 올라올 물고기 찌개를 생각하며 집으로 왔습니다.

"엄마, 이만큼 잡았어요."

"아니 이게 뭔 일이니? 많이도 잡았구나!"

"큰 붕어는 모두 요놈이 잡았어요."

"요놈 삼식이는 업둥이가 아니고 복둥이구나, 이렇게 예쁘고 재주 많은 개를 왜 버렸을까."

"그러게요."

그렇게 한식구가 된 삼식이는 쥐도 잘 잡고 밭에서 땅속으로 다니는 두더지며 냇가에서 뱀도 잡고 사람이나 자신에게 해가 된다고 생각되는 것들은 모조리 잘도 잡아냅니다.

집에 온지 40여일이 지나고 보니 녀석의 배가 점점 불러 오는 것이 아무래도 임신을 한듯해 보입니다. 암놈인줄은 알았지만 새끼를 가졌으리란 생각은 못했는데 작은 키에 배가 땅에 닿을 정도로 많이 불러옵니다. 아버지는 판자대기를 모아서 개집을 멋지게 만들고 앞에다 붓으로 삼식이집 이라고 써 주었습니다.

"아빠 이거 내 집이야?"

"아니 삼식이 집이지."

"내가 삼식인데."

"하하하 네가 강아지 이름을 삼식이라 했으니 그건 네 책임이다."

그렇게 가족들이 삼식이의 새끼를 기다리던 어느 날, 학교를 파하고 집에 오는 길에 삼식이 앞에 전에 먼지를 일으키며 개를 버리고 간 그 차가 앞에 보입니다. 그때 개를 버린 아저씨와 삼식이 또래쯤 보이는 소녀랑 둘이서 차에서 내려 이야기를 하며 자신을 부르는 것이었습니다.

"꼬마야, 이곳에서 혹시 돌아다니는 개 한 마리 못 봤니?"

"몰라요."

"그럼 이 동네에 낯선 개 키우는 집 없니?"

"없어요."

"아빠 빨리 우리 뽀삐 찾아내, 내가 얼마나 예뻐한 건데 갖다 버려."

삼식이는 자기가 키우고 있다고 차마 말을 할 수가 없었습니다. 있는 정 없는 정 다 들어가며 키우고 있는데 돌려주고 싶지가 않았습니다.

"아빠가 집에 가서 더 예쁜 강아지 사줄 테니 그만 가자."

칭얼대는 소녀를 어르고 달래더니 두 사람은 차를 타고 가버렸습니다. 삼식이는 놀란 가슴을 쓸어 내렸습니다.

'휴, 또다시 오면 어떡하지, 동네 사람에게 물어보면 금방 알게 되는데.'

삼식이는 개 삼식이를 주인이 찾는다는 이야기를 엄마 아빠와 말 했습니다.

"주인이 찾으면 돌려 줘야 하지만 버릴 땐 언제고 또 찾는다니 이유를 모르겠구나."

"그 아저씨 딸인지 그 꼬마가 개 찾아내라고 난리를 피던 걸요, 새로 사준다고 달래서 데리고 갔어요, 아마 다시는 안 오겠지요?"

"그러게 말이다."

그날 밤 삼식이는 누가 삼식이를 데리고 갈까봐 깊은 잠을 들지도 못하고 뜬눈으로 밤을 새워가며 고민을 하였습니다. 삼식이 전에 이름이 뽀삐 였다니 뽀삐야, 뽀삐야 하고 다니면 자기 찾는걸 알고 달려 갈 텐데 제발 다시는 이 마을에 오지 말기를 열심히 기도 했습니다.

'부처님, 하느님, 조상님 내가 삼식이를 잘 키울 테니 다시는 그 사람들이 개를 찾으러 오지 않게 꼭 도와주세요, 아셨지요?'

기도에 응답을 하였는지 모르지만 방에서는 삼식이가 잠이 들고 새로 만든 개집에서도 삼식이가 쌔근쌔근 잠을 잡니다.

영웅이 된 아빠

"인숙아."

저녁 밥상머리에서 아빠가 부르십니다.

"네 , 아빠"

"시계 밥 줘야지."

저녁을 먹던 인숙인 밥을 두 숟가락 정도로 조금 남겨서 아빠에게 내 밀었습니다. 아빠는 그걸 옆으로 밀어 놓고는 조금 있다 시계에게 밥을 준다고 하십니다.

삼월이 되면 초등학교 일학년 이 되는 인숙인 아빠가 자기를 놀리는 줄도 모르고 벽에 걸린 시계가 멈춰 있어서 시계 안에 작은 사람이 밥을 줘야 움직인다는 생각에 엄마가 퍼준 밥을 남겨서 배가 고팠지만 시계속의 사람도 먹어야 움직일 수가 있다는 생각에 두말없이 밥을 남겨서 건넨 것입니다.

그러나 그리 오랜 시간이 지나지 않아서 인숙인 의심이 들었습니다. 아무래도 아빠가 자기를 놀리는 듯 생각이 들었기 때문입니다.

"아빠, 왜 시계 밥 안줘요?"

"응, 시계 속에 사람은 부끄럼을 잘 타서 아무도 없을 때 줘야

먹는단다.

처음엔 그런가보다 했지만 의심이 생긴 인숙인 몰래 그 모습을 지켜보기로 했습니다. 그날도 시계가 멈췄고 아빠는 저녁상을 물리고 이따가 시계 밥을 준다고 합니다. 설이 지나고 얼마 되지 않아서 날씨가 추웠지만 인숙이는 추위도 아랑곳 않고 밖에서 문틈 사이에 손가락에 침을 묻혀서 구멍을 뚫고는 시계가 밥 먹는 모습을 지켜보기로 했습니다.

"따르륵, 따르륵"

둔탁한 기계음소리가 들립니다.

한동안 멈춰있던 벽걸이 괘종시계에 아빠는 밥은 안주고 무엇인가를 돌리고 있었습니다.

'밥은 안주고 왜 저러시지.'

그 이유가 더 궁금해졌습니다. 잠시 후 아빠가 문을 열고 나와서 시계 밥 줬으니 추운데 모두들 방으로 들어가라고 하십니다.

"아빠, 진짜로 밥 줬어?"

"그럼, 아주 잘 먹던데."

"거짓말."

옆에 있던 오빠가 웃으면서 놀려댑니다.

"속았대요, 속았대요, 인숙인 바보, 인숙이 바보."

아빠도 더 이상은 속이기가 미안했던지 머리를 긁적이시며 한마디 하십니다.

"인숙아, 아빠가 속여서 미안!"

그렇게 몇 년을 속아서 마음에 상처가 크고 속이 상할 대로 상한 인숙인 그런 일이 있고난 다음부터 인숙인 아빠를 믿지 않기로 했습니다. 청개구리처럼 오라면 가고 가라면 오고하는 식으로 늘 어깃장만 놓고 아빠를 놀릴 궁리만 생각하였습니다.

그러던 중에 정월 대보름이 되었습니다. 아빠가 우리 삼남매를 앉으라 하시더니 "얘들아 지금부터 아빠이야기를 잘 들어라, 오늘밤엔 산에 사는 도깨비인 야광귀가 달이 밝은 틈을 이용하여 집에 내려와서 너희들 신발을 훔쳐 갈수도 있으니 잘 때는 꼭꼭 숨겨 감춰놓아야 한다."

"왜 하필 오늘 내려오는 대요?"

"원래 오늘은 큰 달처럼 큰 복이 들어오는 날이란다. 그 복이 신발 속으로 오니 야광귀가 그걸 훔치러 오는 거란다."

가만히 듣고 있던 인숙이는 콧방귀를 뀌면서 말을 받았습니다.

"쳇! 누가 그런 말을 믿는대요, 저는 안 믿어요."

"그래? 그럼 낼 아침에 두고 보면 알지."

그날 저녁 엄마는 큰 시루에다가 떡을 하였습니다. 엄마는 접시에다가 떡을 두 쪽씩 담아 놓고는 나와 언니에게 보름떡은 모두 가 나눠 먹는 것이니 이웃집에 하나씩 돌리라 하였습니다.

인숙인 언니와 둘이서 떡을 들고 집을 나왔습니다.

"언니."

"왜?"

"이따가 신발 감출거야?"

"아빠가 감추라니까 감춰야지."

"아빠가 거짓말 하는 거 아닐까? 우리 놀리려고."

"설마, 인숙아, 아빠가 우릴 놀리겠니? 귀신이야기 하지마라, 우리가 하는 말 귀신이 몰래 들을지도 몰라."

"그래도 나는 신발 안 감출거야, 아빠가 분명 우리를 놀리는 거야."

야광귀는 분명히 아빠가 꾸며낸 도깨비라고 인숙인 생각을 했습니다. 그날 밤, 아빠는 어레미를 찾아서 사립문에 걸어 놓았습니다. 야광귀가 오다가 어레미에 걸려서 집에 못 들어오게 하려는 생각입니다. 언니와 오빠는 신발을 감췄지만 고집이 센 인숙인 신발을 감추지 않았습니다.

'야광귀는 아빠가 꾸민 이야기야, 어디 올 테면 오라지.'

그런 인숙이의 태도에 아빠는 회심의 미소를 지었습니다.

드디어 정월 대보름 아침이 밝았습니다. 간밤에 눈이 내려서 마당이 하얗게 변하고 지붕도 하얗습니다.

"얘들아 오늘은 찬물을 먹으면 일 년 내내 배탈이 날수 있으니 따신 물을 먹어라."

아침부터 엄마가 따뜻한 물을 마시라고 합니다.

"인숙아."

방에 있던 인숙은 언니가 부르는 소리에 밖으로 나왔습니다.

"네 신발 어디다 감췄니?"

"안 감췄는데."

"그런데 왜 신발이 안보이지, 진짜 야광귀가 가져갔나보다!"

순간, 인숙인 그만 울음보를 터트리고 말았습니다. 아빠에게 속은걸 복수하느라 안 감췄는데 하나뿐인 신발을 가져갔으니 큰일 났습니다. 아침부터 동네가 떠나가도록 울어버리니 제일 난처 한건 아빠입니다.

"인숙아 울지 마라, 아빠가 산에가 야광귀를 때려눕히고 신발을 찾아오마."

"못 찾으면 어쩔 건데?"

"그럼 새 신발을 사줘야지."

새 신발이라는 말에 인숙인 아빠가 신발을 못 찾게 속으로 빌었습니다.

"아빠 꼭 약속 지켜야 돼."

"그럼, 그럼 걱정마라."

아침 식사 후 아빠는 긴 작대기를 들고는 산을 향했습니다. 이유는 인숙이의 신발을 찾으러 가는 길이었지만 사실은 며칠 전 설치해 놓은 토끼를 잡기위해 놓은 덫을 살피러 가는 길이었습니다. 사실 신발은 전날 밤 모두 잠이 들었을 때, 아빠가 신발을 장독대 옆에 몰래 감춰 놓았던 것입니다. 아빠는 신발을 옷 속 깊숙이 감춰 두고는 짐짓 모른 척 산으로 향한 것입니다.

산을 오르면서 아빠는 회심의 미소를 지었습니다.

'시계 밥 때문에 실추된 아빠의 위신을 회복해야지.'

그리고는 산 중간 중간 놓아둔 덫을 살폈습니다. 바로 그때, 저만치에서 덫에서 빠져나가려 발버둥치는 토끼를 한 마리 발견했습니다. 아빠는 냉큼 달려가서 토끼를 제압하고 산채로 잡아서 도망 못 가게 끈으로 몸통을 묶고는 끈을 허리춤에 매었습니다. 그리고는 겉옷 속에 숨겨둔 인숙의 신발을 꺼내서 보무당당하게 산을 내려왔습니다.

"인숙아, 어서 나와 봐라."

삼남매 모두가 방안에서 나왔습니다. 아빠가 한손에는 인숙이 신발을 한손에는 토끼를 들고 서 계셨습니다. 인숙인 너무 기뻐 발이 시린 줄도 모르고 맨발로 마당으로 나가서 신발을 받았습니다.

"아빠, 야광귀랑 싸웠어?"

"그래! 어디 싸우다 뿐이냐, 아빠가 때려눕히고 신발도 찾아왔지."

인숙인 아빠가 너무 멋있어 보였습니다.

"우리아빠 최고!"

"아빠 토끼는 뭐야?"

언니 현숙이가 물었습니다.

"응! 이건 야광귀 물리치고 내가 너희들 먹으라고 잡아왔지."

먹으라는 아빠의 말에 인숙인 토끼가 불쌍했습니다.

"아빠 토끼 잡아먹지 말고 우리가 키우면 안 돼?"

잠시 망설이던 아빠는

"그래, 그게 좋겠다! 너희들이 예쁘게 키워보렴."

그리고는 현숙에게 건넸습니다. 죽을 줄 알고 떨고 있는 토끼를 안고 쓰다듬어 주니 토끼도 아이들의 마음을 알았는지 현숙이의 품에 기대어 사르르 잠이 들었습니다.

인숙인 오늘이 제일 행복했습니다. 예쁜 토끼도 생기고, 늘 자기를 놀리는 줄만 알았던 아빠가 야광귀를 때려눕히고 신발을 찾아왔으니 이 세상에서 최고로 멋진 아빠라는 생각이 들었습니다.

—끝—

산적부부를 혼낸 선비

어쩌다 사람들이 다니는 인적이 드문 산 고개에 나쁜 부부가 살고 있었어요. 여자는 자기의 남편을 시켜서 산을 넘는 사람들의 돈과 물건을 빼앗으며 온갖 못된 짓을 하였지요. 부부가 성질이 사나워서 착한사람들이 그들을 피해 다른 곳으로 가고 싶지만 다른 길을 가려면 몇 시간을 돌아가야 하기 때문에 위험한 걸 알면서도 할 수 없이 산적의 눈을 피해 그 길을 이용했어요.

어느 날 영리한 선비가 과거를 보러가는 길에 그 고개를 넘어가는데 그만 날이 어두워져 불빛을 찾다보니 그만 그 나쁜 산적부부의 움막까지 가고 말았습니다. 산적의 집 인줄 모르는 선비가 주인을 불렀습니다.

"주인 계십니까?"

안에서 이 소리를 들은 산적부부는 둘이 속삭였지요.

"히히히 한 녀석이 걸려들었다."

"그러게요, 당신 빨리 나가서 데리고 와요."

산적 남편은 표정을 착한 얼굴로 바꾸고는 능청을 떨었어요.

"거 뉘시오?"

"지나가는 사람인데 그만 어두워서 그러니 하룻밤 재워 주세요, 돈은 드리겠습니다."

"돈은 안줘도 되니 들어오시오."

"아이고, 주인양반 고맙습니다."

움막이니 방도 작고 주인 부부 두 사람 뿐이라 선비는 미안 하였지만 달리 갈 곳이 없어서 작은방으로 들어갔어요.

세 사람은 이야기를 나누다가 선비는 위쪽에 누워 새우처럼 꼬부려서 잠을 자고, 부부는 아래쪽에서 잠을 자는 척 하가다 선비가 잠든 걸 확인하고 일어나 단단한 끈을 가져와 선비의 팔과 다리를 묶고 몽둥이로 때리기 시작했어요.

깜짝 놀란 선비가 옴짝달싹 못하고 울면서 사정을 했어요.

"왜들 이러세요, 제발 살려 주세요."

그러나 여자도둑이 더 매섭게 때리며 큰소리를 쳤어요.

"이놈아, 돈 있는 거 다 내봐라."

그들은 선비의 봇짐을 풀어헤치고 뒤지기 시작했지만 돈이 조금 뿐이라 다시 때리기 시작했어요.

"너 돈 어디에 감췄어?"

선비는 맞으면서도 어떻게 할까 생각을 해 보았지요.

"그만 좀 때리세요, 난 사실 장사꾼인데 모아놓은 돈을 산 아래 동네에 감춰두고 산 너머 마을에서 외상값 받고 가는 길에 가져가려고 지금 산을 넘어 가는 길이요."

산적 부부는 온몸을 뒤져봐도 동전 몇 푼만 나오니 그 말을 믿기로 했지요. 그리고는 다그쳐 물었습니다.

"어느 곳인지 빨리 말해라, 돈을 찾으면 널 살려주마."

선비는 마음속으로 생각을 해 봤어요. '이 나쁜 사람들은 분명히 내 입을 막고자 나에게 해코지를 할 것이다'

선비는 꾀를 내었습니다.

"내 돈은 산 아래 큰 마을의 공동 화장실 천장에 숨겨 놓았어요, 냄새 때문에 어느 누구도 못 오는 안전한 곳입니다."

사실 그 공동 화장실은 마을 사람들이 농사짓는데 사용하려고 집집마다 화장실 분뇨를 가져와 한곳에 보관하는 곳 이었어요. 선비는 아프게 맞으면서도 선적 부부를 혼내 줘야겠다는 생각에 그곳을 지목했던 것입니다. 어리석은 산적 부부는 그 말을 믿고 선비에게 말했습니다.

"우리가 지금 가서 그 돈을 가져 올 것이다, 돈이 있으면 너를 살려 주고 돈이 없으면 너를 죽이겠다."

그리고는 어둠을 이용하여 길을 떠났습니다. 팔다리가 묶여있던 선비는 마치 애벌레처럼 뒤뚱거리며 방을 돌아다니다 도둑들이 그를 위협하던 칼을 발견하였어요. 간신히 묶어놓은 밧줄을 끊어 버리고 그 도둑 부부를 혼내주기 위하여 산허리를 돌아 지름길을 달려서 그들보다 먼저 마을 공동화장실로 왔어요.

천장에 하얀 종이 뭉치를 달아 놓고 사다리를 그곳에 설치하고 선비는 숨어서 그들이 오기를 기다렸지요. 냄새가 많이 나서 마을 사람들이 지붕을 높게 하여 사다리도 꽤 높았습니다.

잠시 후 산적부부가 주위를 살피면서 다가 왔습니다. 그리고
는 호롱불을 밝혀 안으로 들어와 천정에 매달린 종이뭉치를 발
견하고 사다리를 타고 올라가기 시작했습니다. 몰래 숨어서 그
모습을 지켜보던 선비는 먼저 망을 보던 산적부인을 힘을 다해
큰 분뇨 통 속으로 밀어 넣었습니다.
"어떤 놈이야."
이어서 사다리를 흔들어 산적을 구덩이 속으로 떨어트려 밀어
넣었습니다.
"사람 살려."
"살려주세요."
분뇨 통 속에 빠진 산적부부는 허우적거리면서 살려 달라고
소리를 치면서도 나오질 못했습니다. 선비는 큰소리로 동네 사
람들을 깨웠어요.
"산적을 잡았습니다, 악명 높은 산적을 잡았습니다."
마을 사람들이 웅성거리면서 몰려 왔습니다. 선비는 사람들에
게 산적을 잡게 된 연유를 설명하였어요. 마을 사람들도 항상
선량한 사람을 괴롭히는 산적부부를 잡은 선비를 칭찬하고 산
적을 꺼내서 다시는 나쁜 짓을 못하도록 단단히 혼을 내고 아주
멀고 먼 곳으로 내 쫓았습니다.

뉴트리아의 어리석음

어느 강가의 습지에 포악한 뉴트리아라는 동물이 주변의 물고기를 잡아 먹으면서 살고 있었어요. 그들 무리에 짝을 맺고 사는 한 쌍이 있었는데 암컷 뉴트리아는 늘 투덜거리며 자기 짝 수컷에게 자기도 날아다니는 우아한 황새처럼 다리도 길고, 또 날고 싶다고 졸랐어요.

"저 황새처럼 나도 하늘을 날고 싶으니 빨리 저놈을 잡아서 물어보세요."

"우리는 날개가 없어서 날수가 없으니 억지 부리지 마요."

그러나 막무가내로 날마다 졸라대니 할 수 없이 황새한테 물어 보려고 다가갔습니다. 그러나 황새는 포악한 뉴트리아를 보자 뒷걸음을 치며 하늘로 날아가고 말았어요.

뉴트리아는 생긴 모양도 못나서 모든 동물들이 싫어하거든요. 뉴트리아는 근처의 작고 늙은 비둘기에게 다가갔습니다.

"비둘기야 어떻게 하면 내가 저 황새처럼 날수 있니?"

"이 바보야 그걸 황새에게 물어봐야지 왜 내게 묻니?"

다리가 짧은 비둘기는 기분이 상해 뉴트리아에게 욕을 했지요. 바보 소리를 들은 뉴트리아는 긴 이빨을 보이며 위협을 했어요.

"안 알려주면 내가 너를 잡아먹겠다."

그 말을 들은 비둘기는 녀석을 놀리고는 하늘로 날아갔습니다. 집으로 돌아오니 암컷 뉴트리아가 화를 내면서 이빨로 수컷의 몸통을 물어뜯으며 괴롭혔어요.

"황새처럼 예뻐지는걸 알아 올 때까지 집에 들어올 생각 마요."

어쩔 수 없이 자신의 둥지를 나온 수컷은 다시 황새를 찾아 이곳저곳을 다니다가 드디어 황새를 만났습니다.

"황새야, 나와 함께 내 짝을 만나서 궁금증을 풀어 줄 수 있니?"

황새는 경계를 하며 물었습니다.

"무슨 궁금증 인데?"

"어떻게 하면 너처럼 예쁘고 긴 다리 와 하얀 날개를 가질 수가 있니?"

"네 짝이 그것이 궁금하면 내가 가서 알려 줄게."

"고맙다, 알려주면 내가 물고기가 많은 곳을 알려줄게."

뉴트리아가 앞장서고 황새가 뒤를 쫓아 가는데 아무래도 해코지를 할 것 같아서 경계를 하면서 따라갔어요. 뉴트리아 둥지에 도착하니 암컷이 이빨을 보이며 황새를 위협했어요.

"지금 당장 너의 다리와 날개를 내게 다오, 아니면 널 죽이고 그것을 내 몸에 달겠다."

잘못하면 황새가 이곳에서 죽을 것 같아 꾀를 냈어요.

"하하하 난 또 뭐라고! 내 다리와 날개는 여러 개가 있으니 필요하면 내가 하나 줄게."

암컷 뉴트리아는 빨리 가져오라고 큰소리를 쳤어요. 그러면서 자신의 짧은 앞다리로 황새의 다리와 날개를 만져 보았어요. 황새는 이러다 잘못하면 죽겠단 생각에 수컷에게 말했어요.

"어서 나를 따라와라, 내가 다리와 날개를 주마."

암컷 뉴트리아는 신이 났습니다.

"빨리 안 따라가고 뭐해."

황새가 앞장서고 수컷 뉴트리아가 뒤를 따라갔지요.

저만큼 가다보니 큰 나무가 보였어요.

"얼마나 더 가야 하느냐?"

이때 황새는 날개를 활짝 펴고 날아서 나무로 올라갔어요.

"이 어리석은 뉴트리아야, 나는 다리가 하나고 날개도 하나다."

속은 것이 분한 뉴트리아가 성질을 내면서 나무에 올라오려고 애를 썼지만 짧은 다리로 오를 수가 없었어요.

"에이 분하다!"

"너는 네 짝에게 가서 말해라, 어리석은 생각 말고 습지에서 풀이나 뜯어 먹으며 살라고 말이다."

망신을 당한 수컷은 둥지로 돌아와 서로 물어 뜯어가며 밤새도록 싸우고 이 모습을 멀리서 지켜보던 황새는 깔깔깔 웃으며 자신의 멋진 날개를 펴고 하늘을 날아갔습니다.

세상의 모든 동물이나 사람은 자신의 처지에 맞게 살아야지 욕심을 부리면 망신만 당하고 손해를 보는 것이랍니다.

오해균 詩와 散文 選集

隨筆

걸인과 고양이 그리고 황금잉어 빵

거의 이십년이나 되어가는 케케묵은 이야기를 꺼냅니다.
이런 일도 있구나! 하고 재미있게 읽어주세요.

그때 저는 군포 산본의 어느 빌딩 3층을 사무실로 쓰고 있었지요. 약간의 경사가 있어 앞에서 보면 3층이고 뒤에서 보면 2층인 구조로 되어 있습니다. 뒤쪽에 길이 있어 가끔 창문을 통해 습관처럼 밖을 바라봤습니다.

언제부터인가 뒤편 도로에는 흙먼지가 쌓여 방치된 낡은 황금잉어 빵 리어카가 한대 있었습니다. 누가 끌어가면 어쩌나 싶은데 무슨 뱃장인지 그냥 계속 봄. 여름. 초가을 무렵까지 거리의 먼지가 쌓이고 빗물에 녹이 슬어서 마치 쌓아놓은 쓰레기처럼 자리를 차지하고 있었습니다.

그러나 찬바람이 부는 늦가을이 되면서 그 황금잉어 빵 리어카는 다시 제 모습을 찾아서 자기의 일을 시작했습니다. 약간은 푸짐해 보이는 아낙이 몇 시간을 수고를 하니 묵은 때를 벗고 다음 날부터 영업을 했습니다.

그러던 어느 날, 그날도 습관처럼 창밖의 풍경을 감상했습니다. 바람이 몹시 불어 지나는 사람들이 종종 걸음을 할 적에 뒤편 동백아파트의 플라타너스 나무의 낙엽이 쉼 없이 줄지어 떨어지면서 좀 스산한 풍경을 연출하고, 무심히 창문을 통해 밖을 바라보던 저는 도둑고양이 한마리와 황금잉어 빵 아낙의 신경전을 보게 되었답니다.

뺏으려는 놈과 주지 않으려는 자, 빵 하나를 훔쳐 먹으려 애를 쓰며 기회를 엿보는 고양이, 그걸 빼앗길까봐 노심초사 고양이를 쫓아내는 아낙, 얼마나 재미있던지 정말 혼자 보기가 아까운 그림이었습니다.

그렇게 30여분 시간은 흐르고 체념한 듯 그 아낙은 고양이에게 황금잉어 빵을 한 마리 집어주었지요. 좀 떨어진 곳에서 게걸스럽게 다 먹은 고양이 녀석이 또 다시 살금살금, 10여분 실랑이를 하더니 할 수 없이 하나 더, 그제 서야 빵 하나 물고는 유유히 사라집니다.

그로부터 *한참의 시간이 흐르고 또다시 바라본 창밖의 풍경, 이제는 걸인 이었습니다. 나이가 적어도 70은 넘어 보이는 노인.

어쩌면 걸인이 아닌 이웃의 허름한 노인인지도 모를 사람이 황금잉어 빵 하나를 얻어 드시겠다고 애걸복걸 하면서 구걸을 하지만 그 아낙은 끝끝내 외면을 합니다.

결국은 포기하고 물러서는 노인을 보면서 전 창문을 열고 그 아낙에게 부탁을 했습니다.

그분께 2000원 어치만 담아드리라고 말입니다.

일이 그렇게 싱겁게 끝났지만. 그땐 그 아낙이 너무 야속했습니다. 어쩌면 찬바람불어 손님도 없는데 고양이에게 두 마리나 빼앗기고 분하고 화나던 차에 그 노인이 와서 구걸을 하니 외면을 하였겠지만 노인이 고양이만도 못한 대접을 받았다는 것이 사람 사는 세상에 그러면 안 된다는 인정의 잣대를 들이대 봅니다.

여러분!

적선 합시다. 착한일 많이 저축하면 필경은 그 집안에 경사가 온다 하지 않습니까.

*한참...옛날 역마(파발,서신 등 운송수단)를 갈아타던 두 지점 사이의 거리를 이르던 말.

산들이의 죽음

복수초가 노랗게 피었다 지면 산에 남아있던 때 묻은 잔설(殘雪)도 스러지고 가로수 잎이며 산철쭉이 수줍게 연두색 혀를 내민다. 나는 새소리가 듣고 싶어서 산에 올랐다. 쫄쫄거리는 노랑바위 앞에 물줄기로 목을 축이고 싶었지만 아쉽게도 음용수로는 부적합 하다는 판정 팻말이 있다.

고인 물에 나뭇잎 쌓여 썩어가는 곳에 도롱뇽 알이 너부러져 있고 그 속에서 꿈틀거리는 것들에 나는 심술을 부려 앞에 있던 돌을 차 넣었다.

'이놈들아, 경칩 날에 걸렸으면 너희는 내 목구멍을 타고 넘어갔다.'

신경통에 좋고 위장병에 좋고 눈도 밝아지고 더위도 없애주는 만병통치약이 도롱뇽 알 이라고 예전에 서울 옆 동네 광명의 학온동 사람들은 도롱뇽알과 개구리 알을 세시 풍속으로 많이 먹었다고 전해 내려온다. 그러나 나는 차마 못 먹는다. 도롱뇽 에미가 열 받아 나를 쏘아본다. 그러거나 말거나 나는 내 갈 길을 간다.

내가 이름지어준 시어머니 깔닥 고개를 넘고 조붓한 오솔길로 들어서 잘생긴 박거사 두상을 닮아서 이름지어준 철두암 바위를 지나고부터 뒤에서 이상한 기척이 들리더니 어느새 따라와 나와 오붓하게 보조를 맞추는 녀석이 있다.

　앙증맞게 생기고 머리에 빨간 리본을 단 강아지 한 마리 요크셔테리어로 꽤나 귀족 같은 모양이다. 누가 보면 내가 주인인지 알 정도로 녀석이 살갑게 논다.

　한참을 걸어서 상연사 절집 아래 큰길까지 나를 따라오며 이놈은 도대체 주인 찾아갈 생각을 안 한다.

　"이놈아, 네 주인이 너를 애타게 찾겠다. 어찌하면 좋으냐? 빨리 가라."

　잘못하면 개 도둑으로 몰릴 것 같아 궁리 끝에 약수터에서 두 시간을 기다려도 강아지 찾는 사람은 없다. 할 수 없이 약수터 입구 초소의 산불감시원에게 연락처를 남기고 녀석을 안고 집으로 오면서 별별 생각이 다 든다.

　'집으로 데리고 가면 마누라가 난리를 칠 것이고, 얘야 어쩌면 좋으냐?'

　'너를 애견센터에 팔아 버릴까, 얼마나 주려나.'

　'팔기는 내가 그냥 키우다가 주인 연락 오면 돌려 줘야지.'

　나는 이 녀석 이름을 '산들이' 라고 지어 주었다.

　"산들아, 산들아."

　녀석도 그 이름이 좋은지 꼬리를 치며 컹컹 거린다. 이름이 큰

의미는 없지만 굳이 해설을 하자면 산에서 들고 온 강아지라는
의미에서 산들이라고 지어 준 것이다. 운영하는 점포로 돌아와
내자에게 집에 데리고 가자하니 펄쩍 뛴다. 할 수 없이 점포에
서 먹이고 재우고 똥, 오줌 치우고 며칠을 보내도 개를 찾는 주
인의 전화는 없다.

이쯤 되면 이 놈은 유기견이 확실하다. 어쩐지 똥, 오줌도 못
가리고, 아무 때나 컹컹 짓고
"그래 이놈아 네가 그러니까 주인에게 버림을 받았지."
그렇다고 산에 도로 데려다 놓을 수도 없고, 악담을 퍼 부어대
니 녀석은 하루가 다르게 수척해 지고 끝내는 병에 걸렸는지 밥
도 안 먹고 방울 같은 눈만 껌벅 거리며 눈물만 흘린다. 이렇게
방치했단 죽겠다는 생각에 근처 애견센터를 찾았지만 이미 늦
었다 한다.
"동물병원가도 이런 애들은 치료 안 해 줘요."
"그럼 어쩐대." "죽으면 양지바른 곳에 수건으로 싸서 묻어 주
세요."

그날 밤. 그렇게 산들이 는 갔다. 나와 산에서 만나 인연 지은
날이 채 열흘밖에 안 되었는데. 산들이 의 죽음엔 한 송이 꽃도
없었고 문상객도 오지 않았다. 그놈이 깔고 있던 수건으로 둘둘
말아서 작은 구두박스를 관으로 삼아 호미를 들고 어둡기를 기

다렸다가 능내공원 산기슭에 장사를 지내 주었다.

　몇 살인지도 모르고 전생이 뭐였는지도 모르지만 나는 산들이 가 부디 좋은 세상에서 좋은 생명으로 다시 태어나기를 정성껏 기도해 주었다.

내 나이 열여덟 여름에

　속리산 고속타고 영화배우 되겠다고 고등학교 3학년 여름방학 때 무작정 상경을 했다.

　기억이 희미하지만 무슨 잡지에서 영화배우 등용문을 보고는 서문동 속리산 고속버스 터미널에서 버스를 타고 을지로 3가 터미널에 내려서 묻고 물어 퇴계로 대한극장 주변의 영화배우 학원을 찾았다.

　접수처에 오백 원 인가, 아니면 천원을 내고는 오디션을 봤다. 대본 한 장을 주면서 혼자 해 보란다. 5분인가 더듬거리며 상대 없는 토크를 하였더니

　"합격입니다."

　그리고는 이천원을 가지고 와서 학원을 등록하란다.

　"네 알겠습니다."

　대답을 하고는 뒤돌아 계단을 내려 왔지만 청주 내려갈 차비도 없는 나로서는 맥이 풀렸다. 그길로 을지로 입구의 직업소개소를 찾았다. 많은 사람이 직업을 찾아 드나드는 곳으로 한 시간 동안 앉아 있던 나는 용기를 내서 상담을 받았다.

　"집은?"

"청주입니다."

"서울에 연고는?"

"서대문에 작은집이 있는데요."

"무슨 일을 하고 싶어?"

"아무 일이나요."

"소개비가 500원 인데 있어?"

"없는데요."

잠시 머뭇거리던 사무원은 어딘가에 전화를 하고 한 삼십분이 흐르고 난 뒤에 누군가 와서 사무원에게 오백원을 지불하고 내 손을 잡아당긴다.

지금 생각해보면 내 손을 잡고 가던 그 사람이 남자인지 여자인지는 기억이 확실하게 나질 않는다. 어쨌든 걸어서 간곳이 을지로 4가, 국도극장 맞은편에 있는 갈비 집, 이곳에서 나는 숯불 피우는 일을 맡았다. 첫날은 그럭저럭 했는데 둘째 날이 되니 많이 힘이 들었다. 식당 홀에서 일을 하는 내 또래의 곱상한 아가씨가 주인의 눈치를 살피며 나를 흘깃흘깃 바라본다. 나도 그런 그녀가 싫지는 않았다.

그렇게 이틀을 일하고 삼일 째 되던 날 너무 힘이 들어서 나는 주인에게 그만 하겠다고 말을 하였다.

"사장님 저 그만 두겠습니다."

"왜, 힘이 드니?"

"네."

"그럼 오백원 내놔라."

"왜요, 저 삼일동안 일 했잖아요?"

"그동안 먹고 자고, 겨우 삼일 일하고 그만두면 나는 어쩌라고?"

"알겠어요."

나는 그 자리에서 서대문 옥천동의 작은집에 전화를 했다.

"따르릉"

몇 번의 신호가 가고 숙모가 전화를 받는다. 나는 서울사람인 우리 숙모가 너무 예뻐서 나도 크면 꼭 저렇게 예쁜 여자랑 결혼 하겠다는 생각을 했었다.

"여보세요, 옥천동입니다."

"작은엄마 저예요."

"누구?"

"해균이요."

"어쩐 일이야, 집에는 별일 없고?"

"저, 그게."

차마 말을 꺼내기가 부끄럽다.

"왜, 뭔 일 있어?"

"그게 아니고요, 오백원만 가지고 저 좀 데리고 가주세요."

"무슨 소리야, 거기 어딘데?"

"을지로 갈비집이요."

옆에서 지켜보던 주인이 전화기를 가로채서 이야기를 한다.

그렇게 해서 갈비집 사건은 일단락이 된다. 택시를 타고오신 숙모는 오백원을 지불하고 핀잔을 주며 나를 데리고 서대문으로 가고 그날 밤 작은아버지에게 세상의 잔소리는 다 듣고 다음날 나는 청주로 내려왔다.

성인이 되어서도 나는 작은아버지 내외분에게 많은 신세를 지었고 아직도 못 갚고 있어 늘 미안하고, 그때를 생각하면 지금도 소름이 돋는다.

요즘에도 나 같은 철부지들이 있을까, 틀림없이 내 어릴 때 보다 훨씬 더 많을 것이다. 요즘 아이들의 로망이 바로 그들이니까.

말(言)의 힘

　말하는 자는 알지 못하고 아는 자는 말하지 않는다. 알지 못하므로 말을 하여 긍정의 효과를 얻어내려 하는 것이다. 이는 말로서는 진실을 들어 낼 수 없다는 것이다.

　한마디의 말이 이치에 맞지 않으면 천 마디를 해도 아무짝에도 쓸모없는 말이 된다. 그러기에 신뢰를 얻으려면 중심이 되는 한마디의 말이라도 삼가서 해야 하고 이도 저도 아닐 땐 그저 조용히 있는 것이 상책이다.

　모든 화근은 입을 통해서 나오니 선지식들이 항상 경계하는 것이 책임 있는 말의 자세이다.

　구밀복검(口蜜腹劍)이란 말이 있다. 입에는 달콤한 꿀을 발라서 듣기 좋은 말만 골라 하며 겉으로는 친절한듯하지만 뱃속에는 칼을 지니고 있어서 음흉한 마음을 품은 것을 뜻하는 이 말에서 알 수가 있듯이 언제나 말이 많거나 립 서비스를 잘하는 사람은 변덕이 심하고 종국에 가서는 배신을 일삼으니 굳이 깊게 사귈 필요도 없다는 생각이 든다.

　물론 방송 등에서 말을 잘해야 먹고사는 사람들도 많다. 그러나 그런 사람일수록 사석에서는 입을 닫고 그저 남의 말만 귀담아 들어주는 경우를 종종 우리는 본다.

수년전 뉴스를 장식했던 귀화 국제 변호사 하모씨의 달변에 우리는 깜박 속은 적이 있다.

얼마나 재미있게 말을 잘하던가, 그런 그가 마약이라는 달콤한 유혹에 취해서 말을 했다는 생각에 국민의 분노와 배신감이 매우 컷 던 적이 있다.

말을 많이 하는 것과 잘하는 것은 별개의 사안이라고 철학자 소포클레스는 말했다.

사람에 입은 하나요, 귀가 둘인 까닭이 말하는 것보다 듣기를 더 중요시 하라는 것으로 잘 듣는 사람일수록 옳고 그름을 분별할 수 있는 식견이 넓고 상대를 존중해 준다.

부처님은 말씀 중에 '어리석은 사람이 어진 사람을 깔보고 헐뜯더라도 어진사람은 성을 내거나 미워하지 않으며 그 모멸감을 참아가면서 수순하게 해야 한다' 라고 가르치신다. 이 말은 상대가 아무리 밉더라도 그가 도리를 깨닫게 가르치고 따르게 해야 비로소 선지식이 될 수 있다는 것이다.

상대가 욕을 하니까, 나도 욕을 한다. 좋은 말을 배워서 할 수 있기에 사람이 짐승보다 나은 것이지 제대로 말하지 않고 화를 못 참아 되는 대로 말을 하면 말을 못하는 짐승보다 그대가 훨씬 못함을 반드시 알아야 한다. 그래서 화를 다스리는 방법이

고대로부터 작금에 이르기 까지 수많은 방법이 동원 되어 인간을 가르치고 있는 것이다.

옛날 고대 중국, 그러니까 *전국시대 때 위나라의 벼슬아치 방총이 태자와 함께 조나라 한단으로 인질을 가게 되었다. 방총은 인질로 가기에 앞서 왕을 알현하고 아뢰기를
"전하, 여기 한사람이 저자거리에 호랑이가 나왔소, 하고 말한다면, 전하께서는 믿으시겠습니까?"
"누가 그 말을 믿을 것인고!"
"그럼 두 사람이 똑같이 호랑이가 저자거리에 나타났다고 하면 믿으시겠습니까?"
"그럼 의심을 해야 되겠는데."
"그럼 세 사람이 같은 말을 할 때는 믿으시겠습니까?"
"그러면 믿어야 되겠지."
"전하, 저자거리에는 절대 호랑이가 나올 수 없는 일입니다만, 세 사람이 모두 한입으로 그렇게 말을 한다면 정말로 호랑이가 나온 것이 됩니다."
"무슨 연유로 그런 말을 하는가?"
"제가 조나라 한단에 가고나면 저에 대해서 많은 사람이 이런 저런 이유를 대며 반드시 저를 모함할 것입니다. 전하께서는 부디 귀담아 듣지 마시고 소인의 충정을 헤아려 주시기를 바라옵니다."

충신 방총은 말의 힘을 알기에, 태자를 모시고 볼모로 떠나며 나라가 위태로울수록 간신배의 득세를 경계하며 한말로, 두고 두고 후학의 가르침으로 회자된다.

우리가 잘 아는 신라 35대 경덕왕 때의 에밀레종 이야기, 말 한마디 잘못하여 어린 딸 봉덕이를 시주한 비정의 어머니를 원망하며 에밀레~ 에밀레~ 하며 울린 종소리, 이 역시 단적으로 말의 힘을 말해준다.

요즘 말도 안 되는 유언비어나 가짜뉴스를 생산하여 가뜩이나 혼탁한 이 나라를 좀먹는 그야말로 우리 사회를 좀먹는 벌레 같은 인간들이 참 많다. 그런 말을 생산해놓고는 부끄러워하지도 않으며 오히려 거품을 물고 핏대를 올리며 자기가 옳다고 항변을 한다.

참다운 인간이라면 자신의 말에 책임을 져야하고 책임을 못질 바엔 입을 닫는 것이 상책이다. 아름다운 말로서 폭력적인 언어를 순화시키고, 진실 된 말로서 상대방을 이끌어 주는 올바른 선지식이 되어보자.

*전국시대 (진. 초. 연. 제 . 한. 조 .위)
−질병은 입을 쫓아 들어가고 화근은 입을 쫓아 나온다. − 태평어람−

세 가지의 약속

내가 불교를 신행 하고 곡을 쓰면서 교주이신 석가모니 부처님과 무언으로 한 약속이 세 가지 있다.

그 첫째는 일 년에 적어도 세 번은 軍불교 진흥을 위하여 軍法堂에 위문공연을 가는 것이 첫째이고 둘째는 찬불가요의 보급을 위하여 년 5편 이상씩 작곡을 하여 가수로 하여금 부르게 하는 것이 두 번째이며 셋째는 찬불가요를 부르는 사람들에게 설(일)자리를 만들어 주는 것이 그 세 번째 이다.

처음 서원을 세우고 첫해부터 4년 동안은 전국의 군부대 신행공간을 찾아다니며 나와 우리 패밀리가수 들이 한마음 되어 장병을 위로하고 군종스님들의 노고에 늘 고마워했다.

헤아려 보면 대략 30회 이상 20여 법당에서 佛子병사 들을 만나서 함께 즐거움을 나누며 병영생활에 활력을 불어 넣어 준 것이 아닌가 하는 생각이 든다.

그러나 세월이 지나면서 꾀가 생기고, 권선을 받기도 쉽지가 않고 또 아이돌의 무대와 그들의 노래에 길들여진 장병들의 눈높이를 맞추기가 쉽지 않아 점차 그 횟수는 줄어들고 초심을 잃

어 무관심으로 세월 보내다가 '이러면 안 되지'

초심을 잃지 말자고 다시 한 번 마음을 다져 군 법당을 노크하려 하고 춘천의 모 부대에 공연일자까지 잡아 놓았건만 코로나 19 라는 복병을 만나서 무기한 연기가 되니 봉사도 내 마음대로 되질 않는다.

절집을 드나드는 대중은 적어도 찬불가 네 곡쯤은 알고 또 부를 수도 있다. 그것은 오래전 신심 깊은 작사, 작곡가들이 의식곡으로 만들어 놓았으니 후발 주자인 내가 들어갈 틈이 없어서 난 대중가요 스타일을 차용한 찬불가요를 써보겠다는 일념으로 패밀리 가수 몇 분을 통해 그 서원을 지켜가고 있으며 내 패밀리 또는 주변인들에게 불교의 관심도를 높여 주었다.

그러나 그 마저도 초심을 잃어가고 있다. 몇 해 음반을 제작하여 인연 있는 절집에 보내곤 있지만 반응들이 시큰둥하다. 여러 가지 이유가 있겠지만 그중 하나는 문명의 발전을 사람들이 따라오지를 못하는 것이다. 마그네틱테이프에 음악을 담은 카셋트를 소유한 가정에 CD는 아무 소용이 없고 이번엔 겨우 시디플레이어를 준비하니 또다시 USB가 대세가 되어 버렸다. 빠르게 변해가는 것을 연세 지긋한 어른들이 따라 갈수 없는 것은 자명한 일이다.

어찌 되었던 나는 지금도 찬불가요를 쓰고 있다, 그 노래가 대중의 귀를 파고들기를 기원하면서 언제나 희망을 가져본다.

찬불가요콘서트, 사실 이름만 거창하다, 이 역시 처음 시작 할 때는 인근의 절집을 다니며 포스터를 붙여가며 수십 곳에 초청장을 보내고 볼거리도 만들고 많은 경품을 만들어 제공하고 하다 보니 그런대로 흥행에 성공을 거두었다. 물론 앞에서 언급한바와 같이 내 패밀리가수들에게 설자리를 제공하기 위하여 이벤트를 만든 것으로 몇 년은 그런대로 나 혼자 속 태우고 뛰어 다녔다. 지금도 해마다 년 2회씩 선한 인연들의 후원과 총무원의 지원 속에 진행을 하고 있다.

찬불가요콘서트가 자리를 잡아가면서 좀 더 큰 시장을 개척하고 싶은 마음에 십시일푼 돈을 모아 리플릿을 만들어 수천 곳의 사찰에 음악회 홍보전단을 보내면 기껏 한, 두통 문의 전화가 온다.

무엇이 잘못되었는지도 모르고 리플릿 보내기를 수년째 하고 있지만 별반 소득이 없고 투자한 시간이 아깝다는 생각이 든다, 그러면서도 미련이 남아 해마다 단풍철이나 부처님오신 날이 다가오면 또 보낸다. 그나마 오는 전화도 널리 알려진 유명가수나 연예인을 찾는다.

물론 정재淨財라는 청정한 돈 들여 하는 행사이니 흥행에 성공을 하여야겠지만, 거기까지가 우리 스님들의 인식구조이다. 아직 홍보도 아니 된 얼굴 없는 가수, 고리타분한 찬불가를 부르는 음악회를 누가 오겠냐? 하는 것이다.

사실 산사음악회처럼 포교의 중심이 되는 행사는 없을 것이다. 특히 문화, 예술의 혜택이 소외된 농, 어촌 지역에선 마을 잔치로 알려져 있으며 이때가 바로 포교의 적기이기도 하다.

그러나 異教를 믿는 많은 가수들이 산사에서 행해지는 음악회의 단골손님 이라면 죽 쒀서 멍멍이 준다는 표현이 부적절 할지는 몰라도 틀린 말은 아니다.

물론 모든 사찰이 다 그런 것은 아니다. 격려와 지원을 하는 많은 대덕들이 계시기에 내가 하는 일에 희망은 보인다. 내 욕심엔 유명가수 얼굴은 TV로 보고 찬불가수 등 불자연예인을 절 집마당 무대에서 봤으면 하는 것이 솔직한 바램이다.

요즘 대세 가수들 네다섯 명 세워 산사음악회 한번 하면 집 한 채 값이 든다. 못 먹는 떡 재나 뿌리려는 고약한 심성이 아니고 우리 불자가수들 거룩하신 삼보님께서 키워 주길 바라는 마음에 내가 세운 서원을 초발심의 마음으로 발원 하고 잘되기를 기원하는 마음에 다시 한 번 새겨본다.

오해균 詩와 散文 選集

短篇小說

입으로 쓰는 편지

"손님 종점입니다, 그만 내리세요."

막차에 의지하고 잠깐 눈을 붙인 다는 것이 정류장을 몇 군데를 지나쳐 종점까지 왔다.

버스기사의 안내소리에 허탈해진 용석은 오늘도 별수 없이 2키로가 넘는 거리를 되돌아서 걸어가야 한다.

생각할수록 부끄럽고 짜증나고 허탈감이 밀려오고 그런 자신이 원망스럽고 한심하다는 생각이 든다.

나이가 들면 이런 건가, 하다가도 한편은 하루 종일 걷다보면 피로가 한꺼번에 밀려오니 나이 탓을 하기엔 일상이 고된 하루였다.

육십 나이에 어렵게 잡은 직장이 면도기 만드는 회사, 면도기라면 백 원짜리 부터 수십만 원 되는 제품까지 많은 종류를 만들고 파는 회사인데 불황 앞에 장사 없다고 경영상태가 어려워 궁여지책으로 사장은 자신을 비롯하여 전 사원을 외판원으로 내보내 목표량을 판매해야 퇴근을 시킨다.

이런 형편이다 보니 나이가 많은 용석은 이십여 명의 직원 중에 뒤로 처져서 뒤늦게 목표량을 채우다 보면 항상 밤 열시가 넘고 피로가 누적되다 보니 매일 버스에서 졸게 되고 그러다 보면 자신이 내릴 정류소를 지나쳐 종점까지 가게 되는 것이다.

그래도 의자에 앉아 고개를 숙이고 자는 쪽잠이 그에게는 달콤 그 자체였다.

지루한 시간도 때워주고 잠이 모자란 그에게 약간의 시간일망정 어느 명약보다 좋은 피로회복제가 되어주기 때문이다.

지난날, 부귀를 쫓아 헛발질만 하다가 청춘을 낭비한 날들이 파노라마처럼 스쳐가며 자신의 처지에 채찍질을 하고, 생각이 깊어질수록 도리질을 하게 한다.

과오를 뉘우친다고 삶이 바꿔지는 처지가 아니고 보면 공연히 부질없는 후회를 하여 감정만 낭비하는 무력증이 참으로 능력없는 자신이 어리석어 보이니 이를 어찌할까!

용석은 영화 '에덴의 동쪽'에서 어기적거리던 제임스 딘처럼 세상의 고민을 다 짊어진 모양새로 길을 가다 담배를 한 대 꺼내 물고는 수취인이 받을 수 없는 편지를 두서없이 쓰기 시작했다.

마음이 심란하고 외로울 때 입으로 쓰던 편지가 이젠 버릇이 되어 한참을 중얼거리며 써 내려가다 보면 어느새 집 앞이니 먼 거리를 걷는 지루함에는 나름 최고의 처방이다.

그는 한 자 한 자 머리에 새기며 혼잣말로 중얼 거렸다.

'오늘은 누구에게 편지를 쓸까, 그래 ! 돌아가신 어머니한테 써볼까.'

항상 나를 염려하시어 하늘의 부름을 받고 가시는 날 까지 기도를 하시던 내 어머니

아직도 그 마음을 절반도 헤아리지 못하고 이렇게 살고 있는 나를 어찌 생각 하시려는지, 헛나이 먹은 자신을 부끄러워하며 한 줄, 또 한 줄 입으로 편지를 쓴다.

『어머니, 영혼에게는 보고 듣는 감각기관은 없지만 전체를 느낄 수 있는 제8아뢰야식 이라는 것이 있다더군요, 오늘도 어머니는 제게 "너는 참 편지를 자주 쓰는구나." 라고 하시겠지요.

눈물로 배웅을 하며 어머니 유체를 잡고 못 간다고 울면서 마지막 정을 나누던 그때를 기억하시는지요? 벌써 십 수 년이 흘렀습니다.

섬섬옥수로 손녀 순금이를 안고서 '아이고 이쁜 강아지.' 하던 때가 엊그제 같은데 녀석이 시집을 가서 애 엄마가 되었답니다.

엄마 없이 자란 두 아들도 장성을 하여 애비 된 저를 흐뭇하게 합니다.

철부지처럼 살던 저와는 비교도 안 되는 녀석들이고 보니 아마도 숙세의 공덕이 조금 은 있어 그나마 자식복은 있나 봅니다. 』

편지를 쓰던 용석은 갑자기 마음이 울적해 오기 시작했다.

살아있는 이에게 안부를 묻고 내일을 기약하는 편지가 아닌 이 세상에 없는 사람에게 보내는 것이 나에게 무슨 위안이 될까 싶었다.

마음은 울적해 지고 의욕만 떨어져 가뜩이나 처량하게 늙어가는 자신이 더욱 의기소침해 지는 건 아닌지 하는 생각이 든다.

'그래 맞아! 이 편지 놀음도 살아있는 사람에게 보내는 것이 아무래도 즐거운 일일거야, 그래야 내 외로움도 슬픔도 덜할 테니까.

그럼 누구에게 편지를 쓸까, 내 옛적 첫사랑을 찾아볼까!'

어린 시절 사랑이라는 달콤한 유혹의 감정을 느낄 수 있도록 해준 여자, 그때는 서로가 없으면 죽고 못 살 것 같던 그녀 은선, 다음번엔 그녀와의 오래된 기억을 꺼내 추억하고 안부를 물어보자.

그녀도 육순을 코앞에 둔 나이가 되었을 테지, 얼굴이 가무잡잡하여 굴뚝청소부라 놀렸던 여자이지만 그때 그녀에게 콩깍지가 낀 나로서는 마치 신화 속 공주처럼 곱던 여자인데 지금 그녀를 추억하려니 사랑했던 기억 외에는 그때 모습도 상상이 안 된다.

오랫동안 잊혀진 인물을 떠올리는 것이 어찌 쉬울까만 편지쯤이야 하는 것이 외로운 용석의 마음이다.

다음날도 목표량을 채우느라 늦은 퇴근으로 인해 피로가 겹쳐 버스에서 졸고 어제와 같은 똑같은 코스를 걷고 있다.

그는 나이답지 않게 온갖 은유를 동원해 입을 한 줄씩 편지를 쓰기 시작했다.

『사람을 찾습니다.

어린 시절 사랑을 알게 해주고 소중한 추억을 남겨주신 금 쪽보다 귀한 여인을 찾습니다.

떨어지는 낙엽을 바라보며 눈물을 흘리고 가을 하늘 고추잠자리를 예쁘다 하던 아름답고 순수한 영혼을 가진 인형 같은 여자 은선이를 찾습니다.

하늘 저편 먼 국토 수미정토에 칠보같이 고운 얼굴을 부드러운 실크로 감싸고 봄날의 하얀 찔레꽃 장식으로 모양을 내시고는 안개를 등지고 해맑은 웃음을 선사하던 그 모습을 그리워하는 육순이 된 남자가 애타게 찾고 있습니다.

눈물을 감추며 잊으라 하던 그대가 설혹 이 편지를 읽으면 왜 나를 찾느냐면서 꾸짖겠지만 어쩌겠습니까?

그립고 보고 싶은 순수한 내 마음인걸요.』

용석은 혼자 밤길을 가며 단문의 편지를 마음에 새기다가 문득 진한 어묵국물 냄새에 허기가 밀려와, 냄새를 풍기는 길가의 포장마차로 발길을 돌렸다.

비닐 포장 문을 열고 들어서니 작고 곱상한 아낙이 그를 맞이한다.

"어서 오세요."

"저, 어묵 천원어치만 주세요, 냄새 때문에 그냥 지나 갈수가 없네요."

늙고 지쳐 보이는 모습이 안됐던지 한 그릇 가득 담아주며 많이 드시라 한다.

"이거 천원어치가 맞습니까?"

"네 아저씨가 시장해 보여 덤을 많이 드렸어요."

"이러시면 손해 보는 것 아닙니까?"

"이익도 없지만 크게 손해 보지도 않아요."

게 눈 감추듯 후딱 한 그릇을 해치운 용석은 주인의 만류에도 불구하고 이천 원을 놓고 나왔다.

거리로 나온 용석은 쓰다만 편지를 다시 쓰기 시작했다.

『은선, 길에서 우연히 정말 우연히 자넬 만나도 아마 난 얼굴을 기억 못하고 그냥 지나치겠지.

내 머리가 반백이니 그대 역시 그럴 거고, 그 옛날 눈물로 이별을 말할 때 인연을 말하며 이 생에 인연이 없다면 내생을 기약하자 했는데 혹 그 말이 기억이나 나는지 모르겠어,

아마도 그걸 기억한다면 지금 내가 편지를 쓰는 마음도 이해할 수가 있겠지.

다복한 가정 꾸려서 잘 살고 있을 은선 에게 내 젊은 날이 기억나 몇 마디 하는 것이니 나무라지는 말아줘 . . . 」

　두서없는 편지를 쓰다 보니 어느새 집 앞이다.
　자고 있을 막내가 깰까봐 조심스럽게 문을 열고 들어서는데 녀석이 인기척을 듣고는 나온다.
　"아버지 늦으셨네요?"
　"그래, 아직 안 잤구나?"
　"시험기간이라 서요."
　뒤 늦게 둔 막내가 사뭇 대견스럽다.
　엄마 없이 10년을 반듯하게 자라주어 어느덧 스무 살이니 좀 있으면 자기 밥벌이는 충분히 할 것이 아니겠는가.
　"대충하고 자거라 , 너무 무리하면 건강에 안 좋다."
　"제 걱정 마시고 아버지나 너무 늦게 다니지 마세요, 하루 가 멀다하고 12시니 아버지 건강이 진짜 걱정이 되네요."
　"그래 알았다."
　"아! 참, 아버지."
　"왜?"
　"내일 엄마 제삿날 인데 아세요?"
　"아차, 내가 그만 깜빡했구나, 내일 누나에게 전화해서 도움 좀 청하렴."
　"저도 누나가 전화해서 알았는걸요."

"그랬구나, 그만 들어가 자거라."

잠자리에 누운 용석은 먼저 떠난 마누라를 생각하니 쉽게 잠이 오지 않았다.

벌써 10년, 오늘부터 10년 전 아내는 우리와 이별을 했다.

어쩌다 한번 큰마음 먹고 조그만 선물하나 사 주려고 나갔던 밤길 데이트가 마지막 일 줄이야 상상이나 했을까.

신호를 무시하고 폭주하는 유조차에 치여 비명조차 못 지르고 떠난 아내, 그 자리에 함께 있었으면서 아무것도 하지 못하고 그저 헛것이려니 멍청하게 바라만 보던 그 기억을 지울 수가 없다.

합의금조로 받은 돈으로 애들 공부시키고 여식 순금이 시집까지 보냈으니 가면서도 엄마노릇은 확실히 하고 간사람, 매년 이때가 되면 가슴이 메어지도록 아리고 그리워진다.

용석은 늘 아내를 생각하며 그녀의 손때가 묻어있는 세간들을 치우지 않은 채 항상 제자리를 지키도록 놓아두었다.

어찌 보면 아직도 아내의 그림자에 묻혀 사는 꼴 이지만 아이들도 엄마의 채취를 그리워하니 늘 그때 그 모습으로 자리를 지키고 있다.

밤새 뒤척이다 새벽녘에 겨우 잠이 들었다 싶었는데 출가한 딸이 그를 흔들어 깨운다.

"아버지 그만 일어나세요."

"누구냐, 우리 순금이구나, 왜 이렇게 일찍 왔니?"

"해가 중천에 있어요."

용석이 깜짝 놀라 시계를 보니 어느새 9시이다.

그는 급하게 옷을 입고 순금에게 통장을 건네주면서 준비를 부탁했다.

"아침은요?"

"회사 가서 먹어야지, 너무 늦었다."

"아버지 그만 나가세요, 쥐꼬리 같은 월급에 하루 종일 고생만 하시면서 왜 나가시는지 모르겠어요."

"그런 소리 하지마라, 애비는 그 일을 천직으로 알고 열심히 한단다."

"오늘은 일찍 들어오실 거지요?"

"그래야지, 너희 엄마를 만나는 날인데! 수고 좀 하렴."

사무실에 도착하니 10시 30분 텅 빈 사무실에 나이 어린 미스 김 혼자서 자리를 지키고 있다.

"주임님 오늘 늦으셨네요, 아까 사장님이 찾으셨어요."

순간 용석은 아차 싶은 것이 온갖 생각이 머리를 복잡하게 만든다.

'이거 무슨 경을 치려나, 내가 어쩌다 지각을 했는데 그걸 꼬투리 잡아서 해고 시키려나.'

용석은 조심스러운 마음으로 사장실을 노크했다.

"들어오세요."

문을 열고 들어선 용석은 자신보다 열 살은 어린 사장에게 아부하듯 말을 걸었다.

"찾으셨습니까? 사장님."

"네, 요즘 외판하기 힘드시지요?"

"아니요, 재미있게 하고 있습니다."

"말은 그리 하셔도 사실 힘이 들 겁니다, 젊은 사람들도 감당하기 힘든 일을 그 나이에 하시기가 어디 쉽겠어요."

용석은 은근히 걱정이 되었다, 사장이 뜸을 들이는 폼이 아무래도 해고라는 칼을 빼들은 게 아닌가 하는 생각이 든다.

"그래서 말인데요, 오늘부터 채주임은 내근을 하세요, 이제 회사 사정도 어느 정도는 좋아졌으니, 매일 10시에 퇴근하는 모습이 저로서는 보기가 편치 않습니다."

순간 그동안 사장에게 서운했던 감정이 썰물처럼 순식간에 밀려나가 버린다.

"사장님, 그렇게 말씀해 주시니 정말 고맙습니다."

"다른 직원들이야 당분간 더 외판을 하여야겠지만 채주임은 제품창고 관리를 맡아서 해주세요."

"네, 열심히 일하겠습니다."

"이젠 수출 길도 열렸고 회사도 한고비 넘겼으니 다행이지요, 그동안 젊은 사람들에게 뒤처지지 않으려 고생 하신 거 다 알아요, 앞으로도 계속 모범을 보여주세요."

사장의 입장에서 보면 그중 연장자인 채용석주임이 성실히 근무해 주면 다른 직원들 역시 잘 따라 줄 것이니 나름 생각을 해서 내근을 권하니 본인은 물론 회사에도 많은 도움이 되리라 생각을 했다.

그날, 용석은 시간이 어떻게 가는 줄 모를 정도로 창고에서 재고 파악 및 정리를 하며 바쁜 하루를 보냈다.

아내 기일에 내근의 특혜를 얻었으니 필경 아내의 선물이리라.

오늘은 퇴근 발걸음도 가볍다.

기분 좋은 퇴근을 하다 보니 차에서 졸지도 않는다.

집엘 도착하니 막내가 문을 열어주면서 군대 간 형이 전화를 했단다.

녀석은 군에 가있어도 엄마의 기일은 꼭 챙긴다.

몇 개월 있으면 제대를 하니 지금보단 용석의 마음이 한결 든든할 터, 녀석의 전역이 몹시 기다려진다.

그날 용석은 딸에게서 특별한 제안을 받았다.

"아빠, 이젠 재혼을 생각해 보세요.

엄마가신지 10년인데 엄마도 이해하여 주실 겁니다."

"아빠는 그런 걸 생각을 해 본적이 없다, 더구나 오늘은 엄마 제사니 그런 이야기는 하지말자."

막내가 누나와 입을 맞췄는지 덩달아 한마디 한다.

"아버지 이야기 나온 김에 생각해 보세요."

"아니 이놈들이 엄마 불러다 놓고 무슨 소리냐?"

"아빠, 그러시지 말고 결정하세요."

"사실 우리도 힘들어요."

"그만, 그만! 아빠가 한번 생각해 보마."

자신보다도 애들이 더 보채니 용석은 더 이상 변명의 여지가 없어 그냥 애들 말을 끊어버렸다.

그날 밤.

꽃밭을 거닐던 용석에게 한 여인이 다가와 선다.

가까이 와서 자세히 바라보니 그렇게도 그리워하던 아내가 아니던가.

아내는 집에 여자가 없으면 살림이 안 되니 자기가 사람을 보내준다고 이야길 한다.

용석은 아내에게 그런 소리를 들으니 참으로 부끄러워 허공을 향해 소리를 지른다.

'이 사람아, 나는 당신만 있으면 되는데 무슨 여자를 보내.'

손 사례를 치며 눈을 뜨니 아차차 꿈길이 아닌가.

용석은 다시 눈을 감고 잠을 청하며 생각을 해보니 애들을 핑계로 내가 괜한 고집을 부리는 건 아닌가 하는 생각이 든다.

'그래, 혹 누가 중매라도 한다하면 못 이기는 척 한번 보기나 하자.'

그러나 여러 날이 지나도록 그런 기회가 쉽게 오지는 않았다.

몇 주가 지난 토요일 저녁, 회사 회식으로 늦은 퇴근길, 오랜만에 막차에 몸을 의지했다.
어쩌다 졸면서 또 종점에 도착했다.
"아저씨, 종점입니다."
"네 .간만에 또 졸았네요."
다시 삼십분을 걸어야하는 비운을 맞으며 지난번 은선에게 쓰다만 편지를 쓰기 시작했다.

『은선, 왜 사람들은 서로 좋아지내다 가슴 아프게 이별을 하는 거지?
그러면서 왜 그리워하는지 몰라, 속절없는 40년 세월을 거슬러서 은선이를 생각해 보니 내가 조금 더 잘해줄걸 하는 아쉬움이 진하네, 내가 어리석지? 케케묵은 것을 꺼내 뭘 어쩐다고 말이야.
그래도 인생 회향 길에 들어서서 생각을 하니 추억도 소중하네 그려!
누가 알아, 다음 생에 가서 은선이를 보면 좋은 이야기 꺼리가 될지.』

입으로 한줄 또 한줄 편지를 쓰다 보니 인심후한 포장마차가 보인다.

오늘도 뜨끈한 어묵국물이 그를 유혹한다.

"안녕하세요? 진한국물이 그리워 또 왔습니다."

주인여자가 가스등 아래에서 책을 읽다가 그를 맞이한다.

"어서 오세요."

"혹 저를 기억하시겠습니까?"

"지난번 늦은 시간에 한번 들리셨지요?"

"기억을 하시는군요."

"어떻게 이 늦은 시간에 오시는지요?"

용석은 자신의 처지를 이야기 하면서 그간의 편지놀음에 대해 살며시 이야기를 해줬다.

"재미있네요, 저한테도 한통 보내 주세요."

"네, 그러겠습니다, 포장마차 아주머니 귀하 하면 되겠군요."

"저도 이름이 있는데요, 제 이름은 김은선 입니다."

"아주머니 이름이 김은선 입니까? 우연치곤 묘하네요, 제가 오늘 편지 쓴 사람이 김 은선 이거든요."

용석은 회상하듯 묻지도 않은 은선 에 대한 이야기를 그녀에게 해줬다.

그녀의 얼굴이며 고향이야기 시냇가에서 물장난 하던 시시콜콜한 추억까지 꺼내가며 흥에 겨워 이야기를 했지만 정작 희미한 가스등 불빛에 비친 그녀의 표정은 읽지를 못했다.

한동안 듣기만 하고 말이 없던 그녀가 떨리는 목소리로 묻는다.

"저 혹시 , . 그럼 그녀가 많이 보고 싶겠네요?"

"보고야 싶지만 다복한 가정을 꾸리고 살고 있을 텐데 내가 훼방꾼이 되면 안 되지요."

"그럼 댁에 계신 아주머니에게 미안한 감정은 없고요?"

"집사람은 세상을 뜬지가 십년이 되었습니다."

예상 밖의 대답에 그녀는 놀랐는지 미안한 듯 말했다.

"죄송합니다, 제가 괜 한걸 물었네요."

"아닙니다. 내가 괜히 주접을 덜었지요."

용석은 주머니에서 돈을 꺼내 건네주고는 뒤를 돌아 나오려는데 그녀가 말을 걸었다.

"저기요, 그 사람을 한번 찾아보세요."

"이미 다 지난 일입니다, 어디서 행복하게 잘 살고 있을 텐데요."

"혹시 그 사람도 아저씨를 그리워 할지 모르잖아요?"

"하하하 아마도 아닐 겁니다."

시큰둥한 대답을 하고 나오면서 자신만의 비밀을 그 아주머니에게 털어 놓은 것이 몹시 후회스러웠다.

기분이 울적할 적에 가슴 깊은 곳에서 꺼내서 혼자만이 즐기는 그녀와의 추억을 낯선 이에게 털어 놓으니 어쩐지 비밀스런 부분을 들켜버린 듯 하였기 때문이었다.

용석은 길을 걸으며 그 아주머니의 말을 되새겨 보았다.

'맞아, 어쩌면 그녀도 나를 생각할지도! 그동안 잊고 살았던 고향 마을에 가서 그녀의 발자취를 더듬어 보자, 만날 이유야 없지만 어느 곳에서 얼마나 행복한지는 알아보는 것도 나쁘진 않지!'

일요일 아침.
용석은 안양시외버스정류장에서 진천을 경유하여 청주를 가는 시외버스에 무작정 몸을 실었다.
그의 잠재된 기억속의 그녀의 부모는 진천버스터미널 옆에서 차부식당이란 간판을 걸고 식당을 했으며 집은 그곳에서 그리 멀지 않은 행정리라는 마을로 인식이 되어있다.
약 2시간을 달려 도착한 진천의 모습은 예전과 별반 다를 바 없이 옛 모습을 간직한 소읍 그대로이다.
사십년이 지났건만 별로 발전하지 않은 모습을 보니 다소 씁쓸한 생각이 들었다.
조국 근대화의 광풍이 휩쓸고 지나간 국토이건만 이곳은 그동안에 잠만 잤는지 참으로 이상하였다.
그런데 묘하게도 차부식당이 있던 자리만은 5층 건물이 들어서 식당의 흔적은 찾을 수가 없다.
'허긴 40년이 흘렀는데 그의 부모가 있을 리가 없지.'
용석은 시트에 앉아서 한적하게 담배연기를 뿜어대는 택시에 올랐다.

"아저씨 행정리 좀 가 주세요."

칠순은 되어 보이는 기사는 반갑게 그를 맞이한다.

"어서 오세요."

"아저씨 진천은 예나 지금이나 별반 변한 것이 없습니다."

"다들 대도시로 나가고 읍내엔 사람이 별로 없으니 발전할 이유가 없지요."

"이곳에서 오래 사셨나요?"

"하하하 태어나서 지금까지 진천을 못 떠납니다."

행정리에서 내린 용석은 마을입구에서 연세가 족히 팔순은 되어 보이는 할머니에게 그녀의 소재를 물었다.

"어르신 이 마을에 김은선씨 라고 아시는지요?"

"은선이요? 옛날에 이 동네 살았지만, 고향 떠난 지가 삼십년도 넘었어요, 전에는 가끔 오더니 요즘은 통 안보이던데, 저기 보이는 빨간 지붕집이 사촌동생이니 거기 가서 한번 물어 봐요."

그리곤 마을 끝 쪽에 자리한 사촌의 집을 알려준다.

콘크리트 포장도로를 따라 그 집을 찾아가 인기척을 내니 중년의 남자가 헛기침을 하면서 그에게 다가왔다.

"무슨 일이십니까?"

"혹시 옛날 이 마을 살던 김은선씨 소식을 알까 해서요."

용석의 물음에 중년의 남자는 그 연유를 묻는다.

용석은 얼떨결에 어릴 적 친구인데 아랫동네 들렸다가 왔다고 대충 둘러대니 그제서야 경계심을 푼다.

"그 누님은 서울 변두리 난곡이라는 곳에 사는데 십년 넘게 연락이 없어서 지금은 모르겠습니다, 주소가 어디 있을 텐데 잠깐 기다려 보세요."

그리곤 안으로 들어가더니 잠시 후 낡은 편지봉투 하나를 들고 나와서 건네주었다.

용석은 봉투에 적힌 주소를 메모하고 고맙다는 인사로 사례를 대신하고선 그곳을 나왔다.

집으로 돌아오는 길에 이왕 그녀를 찾아 나섰으니 내일은 영업을 자청하고 난곡에서 그녀를 찾아보기로 했다.

'나를 기억이나 하고 있을까, 아니면 외면할까, 그때 그 시절의 모습이 남아는 있으려나.'

'아니 내가 왜 이리 들떠서 난리지, 그녀는 가족도 있고 남부럽지 않게 잘 살고 있을 텐데, 그냥 먼발치에서 얼굴만이라도 봐야지'

상상의 날개는 끝이 없다, 생각이 많다 보니 필요 없는 집착이 되고 집착은 다시 신념이 되어 꼭 찾아야 한다는 다짐을 한다.

다음날 외판을 자청한 용석은 난곡의 그녀의 집을 찾아 나섰다.

신림사거리에서부터 두 시간을 걸어서 그 주소지를 찾는 데는 성공했으나 그곳은 이미 20년 전의 흔적은 없었다.

낙담을 한 용석에게 복덕방 영감은 연락처를 남기고 가면 알아보고 전화 주겠다는 말을 하였다.

　"고맙습니다, 꼭 좀 알아봐 주세요, 제가 사례는 하겠습니다."

　40년 전의 사람을 찾는데 바로 찾으면 재미가 없다고 자신을 타이르며 그곳을 나왔다.

　며칠 후, 인상 좋은 복덕방 영감님이 전화가 왔다.

　"그분 주소를 알아났으니까 한번 오시렵니까, 아니면 불러 드릴까요?"

　"네 고맙습니다, 우선 불러 주시면 적겠습니다."

　"네 사장님 감사합니다, 후일 꼭 사례하겠습니다."

　"사례는 무슨 사례, 잘 만나보슈."

　며칠 후, 용석은 그녀가 있다는 부천으로 향했다.

　비교적 찾기 쉬운 주소지에 가봤지만 헛발질을 한 듯했다.

　다행히도 옆집 가서 물어 보면 알 수도 있을지 모른다는 말에 혹시 하는 마음에 옆집 문을 두드렸고 용석은 그녀의 소재를 옆집 노파를 통해서 대충은 알 수가 있었다.

　"글쎄요 그 집 딸이 우리 애하고 친구 사이인데 우리애가 알려나."

　그녀는 자신의 딸에게 전화를 걸었고 지금도 연락 하는 사이라는 걸 알 수가 있었다.

　용석은 자신의 연락처를 그녀에게 알려주고 꼭 전화를 해 줄

것을 당부하고 자리를 떴다.

그날 밤 전화벨이 울리고 용석은 그녀의 딸에 전화를 받았다.

"여보세요."

"저의 어머니를 찾으시는데 누구신지요?"

"옛날 동네에 같이 살던 친구입니다, 어머닌 잘 계시지요?"

"네, 지금 안양에 살고 계신데요."

"아! 그래요, 나도 안양 사는데 연락이 두절되어 그걸 몰랐네요, 어머니에게 옛날친구 고향 용석 아저씨가 연락이 왔다고 좀 전해주세요."

"네 꼭 전해 드릴게요, 아마 엄마도 고향친구라 많이 반가워하실 거예요 ."

'언제부터인가 오매불망하던 그녀를 이제야 찾는구나, 그녀에게도 남편도 있을 텐데 내가 다 늙어서 이렇게 죄의식도 없이 몰래 그녀를 그리워해도 되는 건지 몰라.'

그러나 행인지 불행인지 근 일주일이 지나도록 소식이 없다.

하루 종일 휴대폰을 만지작거리며 신호를 기다리는 마음 아마도 경험해 보지 않은 사람은 모르리라.

그녀의 딸에게 전화를 해보고 싶었지만 아무래도 자신이 없었다.

이렇게 오랜 시간 동안 연락이 없는걸 보면 분명 별 관심이 없어서일 것이다.

차츰 그녀의 존재를 잊어가려 할 때쯤에 회식으로 늦게까지 마신 술에 한동안 잊었던 막차타고 종점 가는 일을 오랜만에 경험하고 터벅터벅 2키로의 길을 걸어서 온다.

뒤늦게 취하는 버릇이 있는 용석은 혀 꼬부라진 소리로 노래를 부르기도 하고 또는 실성한 사람처럼 두런두런 중얼거리며 입으로 편지를 쓴다.

'부잣집 마나님이 비렁뱅이 외판원을 무시하나, 전화한번 주면 어디가 덧 나냐? 나도 내 새끼 잘 키우고 잘 살고 있다.'

괜히 속이 상한지 은선에게 화풀이를 한다. 그렇게 비틀 비틀 취해 걷다가 자동으로 진한 어묵 국물냄새가 나는 포장마차의 문을 열고 들어섰다.

"아주머니 오랜만입니다."

그러나 대답이 없다.

대신 용석을 바라보는 그녀의 눈빛이 심하게 흔들리고 떨린다.

"아니 인심 좋은 아주머니 오늘은 입에 지퍼를 달았나 왜 대답이 없습니까?"

그러나 그녀는 짧은 순간이었지만 많은 생각들이 스치는지 눈시울이 젖어있고 고개를 떨 군다.

"아저씨, 저를 찾으셨다고요?"

"네 그게 무슨 말씀이세요? 내가 왜 아주머니를 찾습니까?"

"제가 은선이 입니다, 용석씨가 찾던 사람이 접니다."

"뭐라고요?"

그 말 한마디 하고 취기와 허탈감에 그냥 그 자리에 쓰러져 버렸다.

얼마나 시간이 흘렀을까, 추위와 허기에 잠을 깬 그는 집이 아닌 포장마차에서 엎드려 있음을 알고는 부끄러움에 벌떡 일어섰다.

"아주머니 이거 죄송합니다, 제가 실수는 안했지요?"

"용석씨 깨어나셨군요."

"아니 내 이름을 어떻게 아십니까?"

"아무런 기억도 없으세요?"

"네 잘 모르겠네요, 내가 무슨 실수라도 했나요?"

"제가 김은선 입니다. 용석씨가 찾는 그 사람이 접니다."

"뭐라고요, 옛날 진천의 청순소녀 김은선이 아주머니란 이야깁니까?"

그녀가 은선이라니 이럴 수가 있나, 내가 그렇게 생각을 많이 했는데 그 예전의 청순하던 이미지는 다 어디 갔단 말인가.

용석은 몇 번 보고도 그녀를 몰라본 자신이 오히려 부끄러웠다.

"세상에나, 왜 옛 모습이 하나도 없지요?"

"40년이 흘렀어요, 딸애가 이야기를 했는데 연락하기도 뭣하여 오시기만 기다렸는걸요."

사실 그녀는 지난번 편지 이야기를 할 때 이미 용석을 기억해

냈지만 자신의 처지를 생각하니 말하기가 곤란하여 이야기를 안했던 것이다.

그러던 것을 딸에게서 소식을 듣고 이 사람이 나에게 약간의 감정은 남아 있다는 것을 확인하고 기다리고 있었던 것이다.

"그런데 집에는 몇 시에 들어가시나?"

"용석씨 때문에 늦었으니 리어카를 좀 밀어 주세요."

"그럽시다, 내가 앞에서 끌고 갈 테니 뒤에서 밀어요.

그런데 매일 이렇게 늦으면 남편이 걱정 안합니까?"

"우리 애가 이야기 안하던가요?"

"뭘?"

"저 사별한지 오래 됐어요."

아니, 사별이라니 어째서 나와 처지가 이리 비슷한가.

그녀를 생각하는 게 그녀의 남편에게 미안한 생각이 많았는데, 이럴 수가 있나.

"은선이도 나와 처지가 비슷하군 그래!"

"언젠가 한번 편지이야기 하면서 부인이 돌아가셨다는 이야길 해서 알고는 있었어요."

그녀는 자신의 처지를 용석에게 이야기 했다.

남편과는 수년전 사별을 했고 딸이 한명인데 사위가 항상 같이 살기를 원해도 아직은 그러고 싶지 않고 또한 육십도 안 된 나이에 노인 취급받는 것이 싫어서 외롭지만 혼자 살고 있단다.

용석은 이제 고생 그만하고 남은 생을 같이 살자고 말하고 싶은 생각이 들었지만 그녀의 의중을 알 수가 없어 이제 몇 번 만났는데 잘못하여 공든 탑이 무너질까 함부로 말을 할 수가 없었다.

리어카 보관소에서 택시를 태워 보내고 집으로 돌아와 곰곰이 생각을 해보니 이건 우연도 아니고 인연을 넘어서 필연이라는 생각이 든다.

다음날도 그 다음날도 용석은 그녀의 포장마차를 방문했다.

두 사람은 손님이 있건 없건 시간 가는 줄 모르고 지난날을 회상하며 포장마차 마감 시간까지 함께 자리하고 마차까지 끌어주며 넌지시 그녀의 의중을 떠 보았다.

"다시 재혼할 생각은 있소?"

"이 나이에 누가 절 반기려고요."

"누구라니요, 매일 찾아오는 사람은 안 보이나요?"

"그렇지만, 그런 생각을 해 보지 않아서.. . . . ."

"그럼 한번 생각해 보시구려."

용석은 그렇게 언질을 해놓고 절반의 성공이라고 나름 평가하며 자축했다.

오늘밤도 깊은 잠에 들기는 물 건너 간 듯 온갖 생각으로 잠을 설친다.

어차피 그녀도 내가 마음에 있다면 망설일 이유가 없지.

밤새 성을 쌓고 허물기를 몇 번 이던가.

피곤하여 잠이 들만도 한데 하나에서 백까지, 백에서 하나까지 숫자 놀음을 해도 잠은 점점 더 멀리 달아난다.

움푹 들어간 눈이 거슬렸는지 출근길에 둘째 녀석이 발목을 잡는다.

"아빠 어디 편찮으세요?"

"아니다, 왜 그렇게 보이냐?"

"네!"

"요즘 아빠가 기분 좋은 상상을 하느라 잠을 설쳐서 그래."

"무슨 일이신데요, 저도 좀 알면 안돼요?"

"아직은 아니다."

출근길 용석은 다짐을 해본다.

아내가 떠나고 10년, 매사에 자신이 없고 저돌적으로 일을 추진할 만한 근력도 없는 터에 찾아온 기회를 놓치고 싶지는 않았다.

퇴근길에 용석은 그녀의 생각을 다시 확인했다.

"돌아오는 일요일 우리 집에 초대하고 싶은데 시간이 어떻소?"

"안주인도 없는 집에 간다는 게 왠지 꺼려지네요."

"안주인이 없으니까 초대하는데, 좀 어색한가요?"

"꼭 그런 건 아니지만 애들에게 흉이 될 텐데요."

"하하하 염려놓아요."

용석은 설득을 하고 몇 번씩 다짐을 받아놓았다.

늦은 밤.

용석은 애들을 불러놓고 차분히 이야기를 꺼냈다.

어린 시절 은선과의 추억과 그녀를 최근에 만난 것 등등을 비교적 소상하게 이야기를 해 주고 양해를 구했다.

"아빠가 그 사람을 너희들에게 소개하고 싶은데 차마 용기가 안 나서 이제야 이야기 하니 너희들도 나를 좀 도와줘야겠다."

"아빠, 우리는 아빠가 하자는 대로 할 테니 모시고만 오세요."

두 녀석이 이구동성으로 말을 해주니 고맙다.

"최근에 아빠 얼굴에 화기가 돈다 했더니 그분 때문이군요."

"그건 아니고, 너희들이 나를 편하게 해주니 내 얼굴이 좋은 거지."

막내가 한마디 한다.

"와! 일요일이 기다려지네."

"너희들이 반대하면 없던 일로 하마."

"아버지 마음에 없는 소리 하지 마세요."

막내 녀석까지 덩달아 춤을 추니 용석은 먼저 간 아내에게 괜히 미안한 생각이 들었다.

녀석들은 자기네들 끼리 모여서 손님 접대를 어찌해야 할지를 숙의하는지 간간히 웃음소리가 들리고, 이야기를 해놓고 쑥스러운 마음에 용석은 집을 나와서 골목길을 지나 거리로 나섰다.

눈이 내린다.

온 동네를 극지방의 백야처럼 하얗게 채색하고도 모자랐던지 수많은 유성우처럼 쉴 틈도 없이 내려주고 밤이 깊은데도 송년 분위기에 들뜬 사람들은 근처 전파사에서 흘러나오는 캐롤을 따라 부르며 어깨춤을 추고 서로의 우정을 다진다.

용석은 그녀와의 행복한 미래를 머릿속에 그려보면서 모처럼 아내에게 편지를 쓰기 시작했다.

『여보, 내가 요즘 주제넘게 무지개다리를 건너 하늘을 날고 있다오.

십년을 수호천사가 되어 우리 가정을 지켜준 당신 생각을 하면 내가 잘못된 길을 가는 건 아닌가 하는 생각이 듭니다만 지금부터는 당신이 이승의 멍에를 풀어 던지고 더 좋은 안락국토로 보내주고 싶어 하는 내 마음을 알아주길 바라오.

당신 없는 십년이 고통속의 삶이었다면 이젠 우리 애들에게 새로운 희망의 씨앗을 심어주고 싶소.

*망운지정의 마음으로 내 생각을 전하니 부디 편안하소.』

*망운지정(望雲之情)—멀리 떠난 부모형제나 배우자를 그리워하는 마음

-끝-

저자와의 협약으로 인지 생략함

오해균 詩와 散文 選集
비빔밥 한 그릇

2020년 3월 25일 인쇄
2020년 3월 31일 발행

지은이 · 오해균
펴낸이 · 연규석
펴낸곳 · 도서출판 고글

서울특별시 용산구 한강대로 40길 18
등록일 · 1990년 11월 7일(제302-000049호)
전화 · 02) 794-4490   031) 873-7077

값_12,500원